도쿄 킷사텐 여행

일러두기

이 책에서 소개하는 킷사텐 중에는 현재까지
운영 중인 곳도, 폐업한 곳도 있습니다.
각 킷사텐에 대한 정보는 2024년 10월을 기준으로
합니다. 킷사텐의 장소와 운영 시간 등 자세한
사항은 각 킷사텐의 사정에 따라 변경될 수
있습니다.

이 책은 국립국어원 표준 외래어 표기법을 따르고
있습니다. 다만 '깃사', '깃사텐'은 예외로 두어
'킷사', '킷사텐'으로 표기합니다.

도쿄 킷사텐 여행

존 레넌에서 하루키까지
예술가들의 문화 살롱

최민지 지음

남해의봄날

프롤로그 — 타임슬립을 위한 티타임

몇 년 전 어느 봄날 혜화 학림다방에 간 적이 있습니다. 좁은 계단을 따라 2층에 오르자 문 앞에 기다리는 사람들이 늘어서 있었어요. 모두가 지루한 기색 없이 설렘 어린 표정이었습니다. 마치 기대하는 영화를 보러 들어가기 위해 줄을 선 관객처럼요.
그 얼굴을 보며 저도 근사한 곳을 경험한다는 사실에 마음이 들떴던 기억이 납니다.

몇몇 손님이 빠져나간 후 마침내 다방 안으로 들어갔을 때, 60년 세월이 뿜어내는 공기에 감탄이 새어 나왔습니다. 시간이 사포질한 식탁과 벽에 걸린 흑백사진, 선반에 꽂힌 LP가 학림다방을 완전히 다른 세계처럼 느끼게 했어요.
학림다방의 진짜 매력은 긴 세월 시나브로 스며든 이야기에 있었습니다. 서울대 문리대 축제 이름을 따 학림이라는 이름을 붙였다는 이 다방은 '문리대 제25강의실'이라고 불릴 만큼 많은 지식인이 거쳐 갔다고 하지요. 민주화 운동을 주도했던 학생들은 물론이고 천상병 시인, 김지하 시인, 전혜린 작가, 백기완 선생, 배우 송강호, 가수 김광석 등 많은 문화 예술계 인물이 학림다방 단골이라고 했습니다.
그들이 앉았을 자리에 등을 기대 음악을 듣고, 이야기를 나누고, 차를 마시는 동안 타임 슬립을 한 것 같았습니다.

일본에도 학림다방 같은 공간이 있습니다. 바로 킷사텐きっさてん(喫茶店)입니다. 서울의 지식인과 문화 예술인이 학림다방에 모인 것처럼 도쿄의 지식인과 문화 예술인은 킷사텐에 모였습니다. 미야자와 겐지의 죽음과 함께 세상에서 사라질 뻔했던 시가 발견된 장소도, 나쓰메 소세키가 소설 배경으로 등장시킨 단골집도 킷사텐이었지요. 작가가 되기 전의 무라카미 하루키는 재즈 킷사 주인이었습니다. 킷사텐은 사교와 예술이 꽃피는 문화 살롱이었습니다. 커피 한 잔 값으로 킷사텐이라는 공간을 공유하며 서로 만나고, 대화하고, 때로는 소리 높여 토론하던 사람들은 저마다 이야기를 남겼습니다. 그 이야기를 알고 나면 도쿄라는 도시를 걷는 일이, 킷사텐에서 보내는 한때가 더 깊고 넓게 다가올 거예요.

사람과 사람이 만나고, 취향과 취향이 모이고, 시간에 시간이 쌓여 문화가 된 공간. 어제와 오늘이 공존하는 도쿄 킷사텐으로 당신을 초대합니다.

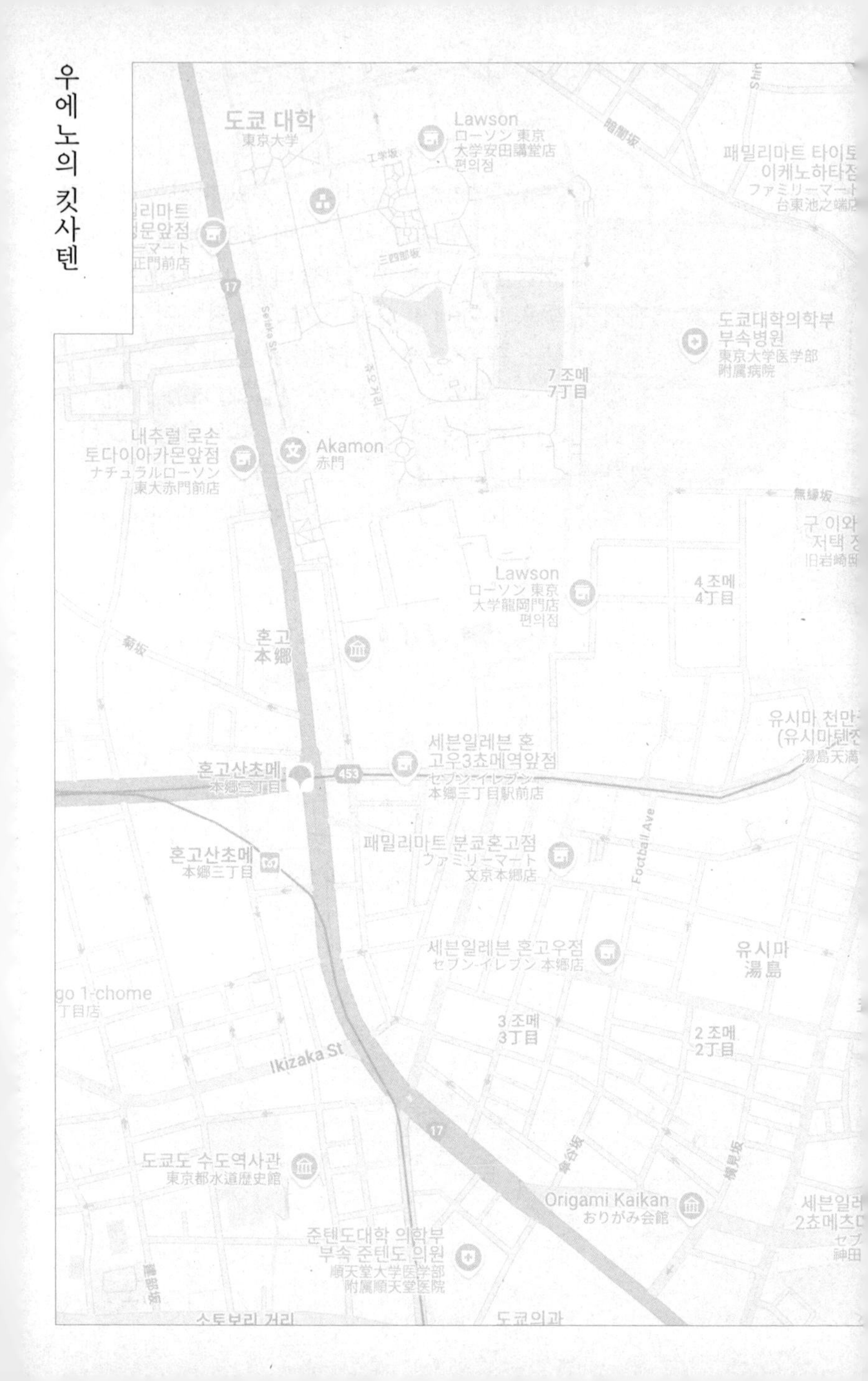

우에노의 킷사텐
도쿄 대학
東京大学
Lawson
ローソン 東京
大学安田講堂店
편의점
工学坂
三四郎坂
暗闇坂
패밀리마트 타이토
이케노하타점
ファミリーマート
台東池之端店
Seibu St
17
도쿄대학의학부
부속병원
東京大学医学部
附属病院
7 조메
7丁目
내추럴 로손
토다이아카몬앞점
ナチュラルローソン
東大赤門前店
Akamon
赤門
無縁坂
Lawson
ローソン 東京
大学龍岡門店
편의점
4 조메
4丁目
菊坂
혼고
本郷
유시마 천만궁
湯島天満
세븐일레븐 혼
고우3쵸메역앞점
セブン-イレブン
本郷三丁目駅前店
혼고산초메
本郷三丁目
453
패밀리마트 분쿄혼고점
ファミリーマート
文京本郷店
Football Ave
세븐일레븐 혼고우점
セブン-イレブン 本郷店
유시마
湯島
go 1-chome
丁目店
3 조메
3丁目
2 조메
2丁目
Ikizaka St
17
도쿄도 수도역사관
東京都水道歴史館
Origami Kaikan
おりがみ会館
세븐일레
2쵸메츠
준텐도대학 의학부
부속 준텐도 의원
順天堂大学医学部
附属順天堂医院
소토보리 거리
도쿄의과

우에노 역
우에노공원
우에노히로코지 역
우에노오카치마치 역
유시마 역
스에히로초 역
커피 오조
우사기야
도프
가히사칸 터
(로손 우에노 주오거리점)
도쿄문화회관
東京文化会館
고죠 텐신사
五條天神社
우에노모리 미술관
上野の森美術館
임시 휴점
시노바즈노이케
不忍池
게이세이우에노
京成上野
우에노마루이
上野マルイ
로손 우에노 4초메 점
ローソン 上野四丁目店
아메요코 상점가
上野アメ横商店街
나카미치 거리
미마루도쿄오카치마치
MIMARU東京
上野御徒町
나카오카치마치
仲御徒町
ホテルマンデーブ
秋葉原、アメ横等の観
Suehiro Renga dori
세븐일레븐
타이토2초메점
セブン-イレブン
台東2丁目店
로손 아키하바라
주오도리 점
ローソン 秋葉原中央通店
아키하바라
秋葉原
Ueno Park St
Joetsu Shinkansen
Ruby St
Sapphire St
Gokencho St
上野東京ライン

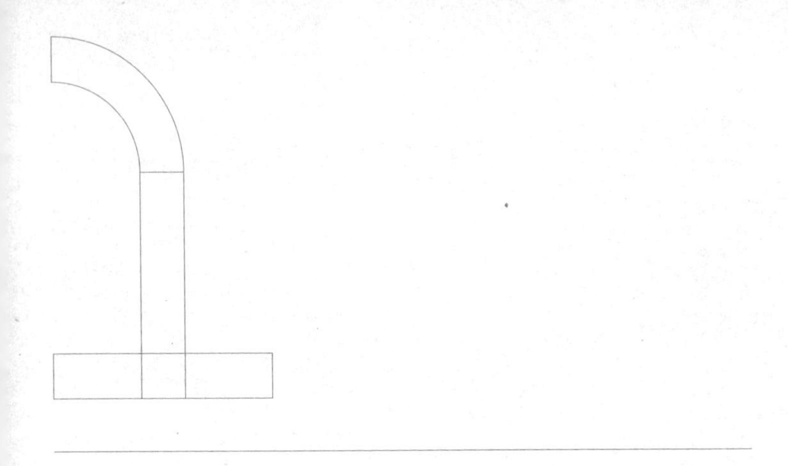

카페 말고 킷사텐

불순 킷사 도프不純喫茶ドープ
가히사칸可否茶館

수없이
스쳐 가면서도
알지 못했던

일본을 여행한 사람이라면 누구나 한 번쯤 킷사텐을 스쳐 갔을 것이다. 짱구가 사는 떡잎마을을 꼭 닮은 주택가 어귀에도, 큰길에서 작은길로 접어드는 골목에도 어김없이 커피와 차를 파는 작고 오래된 가게가 있다.
옛 다방을 연상시키는 그곳이 킷사텐이라는 이름으로 불린다는 사실을 아는 여행자도 있을 것이고, 그냥 고개를 돌려 지나치는 여행자도 있을 것이다. 그러다 "다리도 아픈데 저기 한번 들어가 볼까?" 하고 킷사텐 문을 여는 날이 오기도 한다.

내가 킷사텐에 처음으로 발을 들인 것은 적당히 붐비고 적당히 조용한 길목에서였다. "딸랑" 종소리를 내는 문을 밀자 넓은 테이블과 빨간 소파가 눈에 띄었고, 머리 위에는 은은한 온기를 쏟아 내는 노란 조명이 달려 있었다. 고요한 불빛 아래서 사람들은 책이나 신문을 천천히 읽어 나갔다. 자기 집에 앉은 듯 편안한 얼굴로. 식당이라 하기엔 커피만 마시는 사람이 많고, 카페라고 하기엔 어딘지 예스러운 이곳. 킷사텐에 흐르는 레트로한 공기는 이곳을 '카페'라고 불러도 될지 망설이게 했다. 카페라고 하면 트렌디한 공간이어야 할 것 같은데 킷사텐은 그렇지 않기 때문이다.
공중전화를 찾아 줄을 서고 비디오테이프를 빌려

영화를 보던 시절. 시곗바늘이 한 바퀴 돌 때마다
괘종시계가 울리고 델몬트 오렌지 주스 병에
보리차가 담겨 있던 시절. 킷사텐은 그 시절을 간직한
듯했다.

이름은 또 얼마나 낯선지. 킷사텐喫茶店이라는 이름을
'끽다점'으로 바꾸어 읽어 봐도 무슨 의미인지 순순히
이해되지 않았다. 차 다茶, 가게 점店은 알겠는데
끽喫은 또 뭔가 싶었다. '끽' 자가 '만끽滿喫'할 때의
그 '끽'이고, 먹고 마신다는 뜻이 담겨 있다는 걸 알고
나서야 "아, 킷사텐은 차를 즐기는 가게라는 뜻이구나"
하고 고개를 끄덕이게 되었다.
그렇지만 알쏭달쏭 물음표는 거기에서 그치지
않았는데, "그러면 일본에는 왜 카페도 있고 킷사텐도
있는 거지? 둘이 뭔가 다른가?" 하는 궁금증이 일었다.
일본에 사는 10년 동안 킷사 문화에 깊이 스며들어
지금은 여기에 대한 답을 알려 줄 곳을 안다.
킷사텐 여행의 출발점이자 일본 킷사텐이 태어난 곳,
도쿄 우에노다.

킷사텐의 탄생

4월 13일,

킷사텐은 언제 어디에서 시작됐을까. 우리나라 성씨에 시조가 있고 일본 사람들에게 본적이 있듯이 킷사텐에도 시조와 본적이 있다.
옛날, 데이 에이케이라는 외교관이 살았다. 그는 영국에서 경험한 커피 하우스에 마음을 홀랑 빼앗겨 도쿄에도 이런 공간이 있으면 좋겠다고 생각했다.
일본에 돌아온 데이 에이케이는 지금의 우에노히로코지역 근처에 2층 건물을 마련하고 1888년 4월 13일 일본 최초의 킷사텐 가히사칸을 연다.
킷사라는 단어는 중국에서 차가 들어오던 시대부터 쓰였고 가히사칸이 생기기 전에도 차나 커피를 파는 공간은 있었다. 그런데 왜 데이 에이케이가 킷사텐의 시조가 되고, 우에노는 킷사텐의 본적이 되었으며, 4월 13일이 킷사텐의 생일이 되었을까?
이유는 바로 문화에 있다. 가히사칸은 차를 마시고, 음식을 먹고, 담배를 피우는 공간을 새로운 단계로 끌어올렸다. 킷사텐에 바둑판이며 장기판, 신문, 책, 붓과 벼루를 놓자 손님들은 그곳에서 먹고 마시는 것 이상의 일을 하기 시작했다. 도쿄라는 도시에 문화 살롱으로서 킷사텐이 탄생하는 순간이었다.

'가히사칸의 문학가' 하면 나는 "김중배의 다이아 반지가 그렇게도 좋단 말이냐"라는 명대사를 남긴 〈이수일과 심순애〉가 떠오른다. 1888년 문을 연 일본 최초의 킷사텐과 1965년 발표된 우리 영화 사이에 무슨 관계가 있을까 싶겠지만 둘 사이에는 의외의 매듭으로 이어져 온 끈이 있다.

〈이수일과 심순애〉의 원작은 1913년 조중환이 쓴 소설 〈장한몽〉이다. 〈장한몽〉은 1897년 일본 소설가 오자키 고요※가 쓴 〈금색야차金色夜叉〉를 우리나라 독자들이 읽기 쉽게 번안한 것인데, 이 오자키 고요가 가히사칸 단골 작가였다.

오자키 고요는 메이지 시대를 대표하는 문인이자 일본 최초의 문학 동인 겐유샤硯友社를 만든 인물이기도 하다. 일본 최초로 문학 동인지를 펴낸 것도 겐유샤인데, 겐유샤의 작가들이 만나고 모이던 살롱이 바로 가히사칸이었다. 후대 일본 창작자들이 '동인'이라는 형태의 공동체를 만들고 동인지를 통해 작품을 발표하는 문화의 맥을 따라 올라가면 그 출발점에 가히사칸이라는 킷사텐이 있는 것이다.

※ 尾崎紅葉(1867~1903). 1897년부터 집필한 일대의 역작 〈금색야차〉는 작가의 죽음으로 미완성으로 끝났지만, 큰 인기를 얻으며 연극과 영화로 만들어졌다.

이 이야기를 듣고 나니 가히사칸이 몹시 궁금해 견딜 수 없었다. 가히사칸은 우에노 어디쯤에 있었을까? 아직도 많은 사람이 오갈까?

1891년 〈문학계文學界〉에 실린 겐유샤 동인 작가 모습. 가장 오른쪽이 오자키 고요다.

한달음에 달려간 도쿄 도심에서 옛 주소를 따라 밟는다.
가히사칸 자리는 도라야키를 파는 100년 노포로
이름을 날리는 우사기야 옆. 도쿄 3대 도라야키 가게로
손꼽히는 우사기야에서 달콤한 도라야키를 손에 넣고
가히사칸을 찾아갔는데, 옛 자리에서 나를 기다리고
있는 것은 로손 편의점의 파란 간판이었다.

최초의 킷사텐 가히사칸이
있던 장소. 지금은 편의점이
들어섰다.

가히사칸이 편의점이 되었다니! 예나 지금이나
오가는 사람이 많은 장소라는 사실만큼은 분명한가
보다. 8차선 대로 앞을 빼곡하게 채운 빌딩에서
쏟아져 나온 사람들은 편의점에서 커피 한 잔씩 들고
나와 저마다 바쁜 걸음으로 흩어졌다. 편의점 앞에는
커피 잔 모양을 한 기념비 하나가 보일 뿐이다.

일본 최초의 킷사텐
가히사칸 유적지

메이지 21년(1888년) 4월 13일, 일본인에 의한 최초의
킷사텐이 데이 에이케이에 의해 이 땅에 설립되었다.
200평의 부지에 다섯 칸과 여덟 칸의 2층 목조
양관이었다.
2층에는 트럼프, 당구, 크리켓, 바둑, 장기를 갖추면서도
벼루에 편지지와 봉투를 놓고, 탈의실, 화장실, 샤워실,
조리장 등의 시설 외에 국내외의 신문, 잡지류,
그 외에도 화한양서, 서화를 수집하는 방을 만들었으며,
2층이 킷사실로 둥근 테이블과 각진 테이블을 배치,
의자는 등나무였다. 커피는 한 잔에 1전 5리, 우유를
넣은 것이 2전이었고 일품요리, 빵, 카스텔라 등도
내어놓았다. 참고로 당시 모리소바는 8리였다.
설립자 데이 에이케이는 지카마쓰 몬자에몬의
작품 〈고쿠센야갓센〉에 나온 것으로 유명한 데이
세이코우의 동생 시치자에몬을 선조로 하고, 서민을
위한 살롱으로서 또한 지식도 배울 수 있는 광장(커피
하우스)으로 하는 것을 이념으로 한 개점이었다.

140년이 지난 지금 가히사칸이 옛 모습을 그대로
지키고 있을 것이라고는 기대하지 않았다. 그 자리를
채우고 있는 것이 편의점일 줄은 몰랐지만 말이다.
아쉽게도 가히사칸은 사라졌지만, 그 후로 도쿄 곳곳에
킷사텐이 속속 생겨났다. 유럽 예술가들이 카페에서
교류와 창작을 해 나간 것처럼 일본의 문학가, 연극인,
화가, 만화가가 킷사텐에서 문화와 예술을 빚었다.

킷사텐과 카페, 무엇이 다를까

그런데 왜 데이 에이케이는 가히사칸을 '카페'라고 칭하지 않았을까? 지금 우리가 아는 카페와 그때의 카페가 완전히 다르기 때문이다. 100년 전 일본 카페는 커피를 마시는 공간이 아니라 술과 유흥, 때로는 여자를 파는 공간이었다. 카페에서 성을 사고판다니! 지금은 상상도 할 수 없지만 그때는 그랬다.

카페가 어쩌다 그렇게 됐는지 짚어 보려면 일단 긴자에 있는 비어홀 라이언을 소환해야 한다. 1911년 카페 사업에도 뛰어든 긴자 라이언은 당시로서는 보기 드문 3층짜리 건물을 세워 올리며 직원을 모두 여성, 그것도 미인으로만 선발했다. 그런 다음 '미인의 서빙'이라는 문구를 적어 대문짝만한 신문광고를 냈다. 라이언의 미인들은 1층에서는 술을, 2층에서는 커피를, 3층에서는 개인실 손님에게 서비스를 했다. 그러던 중 1923년, 관동대지진이 일어나면서 도시는 완전히 폐허가 되었다. 도쿄 중심이 당장 복구되기는 어려운 일. 요식업을 하던 사람들은 시부야나 신주쿠

겐유샤 작가 중 한 사람인 가와카미 비잔은 소설 〈황국백국黃菊白菊〉에서 가히사칸을 묘사하며 삽화를 함께 실었다.(〈문고文庫〉 9호, 1889년)

'미인의 서빙'을 내세운 긴자 카페 라이언의 여급. 카페는 술과 유흥이 있는 공간이었기에 커피와 차를 위한 공간은 킷사텐이라는 이름으로 구분해 불렀다. (〈부인화보婦人画報〉 78호, 1913년)

같은 미개발 지역이나 오사카 같은 관서 지역으로 눈을 돌렸다.
이때 생겨난 곳이 오사카 카페 미인좌다. 그런데 여기서부터 이야기가 이상해진다. 긴자 라이언에서는 미인이 그저 서빙을 할 뿐이었는데, 오사카에서는 미인이 '에로 서비스'라는 것을 제공한 것이다.
미인좌가 있던 도톤보리 거리에서는 확성기를 든 남자가 "미인좌에 오면 커피와 술을 마실 수 있고, 에로 서비스를 받을 수 있습니다" 하며 밤늦게까지 큰 소리로 광고했다.

10년 후 오사카 미인좌는 도쿄에 지점을 내고 30명의 오사카 미인을 비행기로 실어 날라 도쿄에서도 오사카식 에로 서비스를 제공한다. 이듬해에는 경성에도 미인좌가 생긴다.

기생집과는 달리 일반 대중이 접근할 수 있던 한국 고유의 술집이 카페로 변모 발전하는 데는 1923년에 발생했던 동경지진(관동지진)이 저류를 이루고 있다. 오사까 상인이 미인좌란 대규모의 카페를 만들어 장안을 온통 뒤흔들어 놓았다. 일본 오사까에 연쇄가를 이룰 만큼 큰 카페 미인좌가 있었는데 이 카페 주인이 한국에 지부 격인 것을 만든 것이다. 요즘 볼 수 있는 이 미스 코리아 출전자들의 시내 가두 퍼레이드처럼 오사까 상인들은 밴드를 앞세우고 수십 명 때로는 1백여 명의 일인日人 여급들을 트럭에 분승시켜 오사까 미인군 도래라 하여 장안을 몇 바퀴씩 바람 잡고 다녔다. 새 미인들이 도착하였으니 이를 보시오 하는 투의 장삿속이다. 그런데 한 가지 이상한 것은 오사까 미인이라고

떠들어대도 일본 여자로서는 장사가 금방 시들고
말았다. 이점을 캐치한 낙원회관은 일인 여급들을
전원 한국인 여급으로 개편 곧 대성황을 이루어 여급
20여 명으로부터 1백여 명으로 증원할 만큼 되어
지금의 관철동 우미관 골목으로 이사하여 대규모의
장사를 했다. 이와 더불어 군소 카페는 장안에
수십 개 소. (이하 생략)

—'개화초기 카페', 경향신문, 1973년 2월 22일

이런 카페가 큰 성공을 거두자 너도나도 비슷한 가게를
열기 시작한다. 커피가 있지만 술과 여자도 있는 곳.
일제강점기 일본과 한국의 카페는 그런 모습이었다.
그래서 순수하게 차와 커피만 파는 가게나 문화적인
살롱 역할을 하는 곳은 카페가 아닌 '킷사텐'이라는
이름을 썼다.

그렇다면 카페는 언제부터 지금의 모습이 되었을까?
1964년 도쿄 올림픽을 앞두고 일본 정부는 대대적인
풍속업 단속에 나섰고, 성매매를 제공하는 풍속업소는
카페를 차릴 수 없게 한다. 마침 도토루 커피, 스타벅스
같은 카페 체인점이 생겨나고 바리스타와 스페셜티
커피의 세계로 전환되면서 카페와 풍속업은 마침내
서로에게 작별을 고한다.
그러자 이번에는 킷사텐이 이상해진다. 우리나라 다방
중에서도 이중섭이나 전혁림 같은 화가가 전시회를
연 문화 살롱이 있었는가 하면 변종 다방도 존재했던
것처럼, 킷사텐 중에서도 유사 성매매를 하는 변종이
생긴 것이다.
순수하게 커피만 팔고 싶은 주인들은 머리를 맞댔다.

"어떡하냐? 우리는 정말 순수한데. 킷사텐 앞에 '순수'라는 단어라도 붙여 볼까?" 그리하여 순수의 '순'을 더해 '준킷사純喫茶(순끽다)'라는 이름을 만들어 낸다. 1970년대에 있었던 일이다.

이처럼 "킷사텐과 카페가 무엇이 다른가요?"라는 질문에 각 시대 사람들은 서로 다른 답을 했을 것이다. 지금은 어떨까. 카페와 킷사텐에서 유흥의 물이 빠지고 기능이 비슷해진 지금은 일본 사람들조차 킷사텐과 카페를 딱 잘라 구분하기 어려워한다. 우리가 "어린이집과 유치원은 어떻게 다른가요?"라는 질문을 받았을 때처럼 말이다.
"같은 거 아니야?"라고 하는 사람도 있고, "같은 점도 다른 점도 있지. 킷사텐은 식탁에 앉아 있으면 점원이 와서 주문받고 음식을 가져다주는 '풀 서비스'를 하는데 카페는 셀프서비스가 많아"라고 하는 사람도 있다. "업종이 달라. 영업 허가를 받을 때 킷사텐은 킷사 영업 허가를 받아야 하고, 카페는 음식점 영업 허가를 받아야 해"라며 식품위생법과 행정절차에 근거한 답을 내놓기도 한다.
보통은 이렇게들 말한다. "킷사텐은 대를 이어서 하는 노포가 많고 레트로한 분위기가 나. 카페는 유행에 민감하고 세련됐어. 킷사텐이 골동품이라면 카페는 신제품이야."
그렇다. 신제품이 나왔다고 해서 골동품을 버릴 필요는 없다. 또 골동품을 좋아한다고 해서 신제품을 쓰지 말란 법도 없다. 비슷하면서도 다른 카페와 킷사텐은 오늘도 한 도시에서 나란히 공존한다.

우에노의
불순한 킷사텐
도프

우에노는 옛날부터 준킷사가 많이 있던 지역이다.
우리나라 다방이 역이나 터미널 앞에 많이 모여 있었던 걸 떠올리면 우에노와 준킷사가 서로에게 꼭 필요한 존재였을 거라는 생각이 든다.
가히사칸이 문을 열기 5년 전인 1883년, 도쿄와 일본 동북 지역을 잇는 우에노 역이 생긴다. 그래서 우에노의 옛 별명은 '도쿄의 북쪽 현관문'. 1930년대부터 동북 지방 젊은이들은 집단 취직이라는 이름으로 일자리를 얻어 취업 열차를 타고 도쿄로 갔는데, 그 취업 열차의 종착지가 우에노였으니 역 앞에 얼마나 많은 사람이 쏟아졌을까. 역에서 누군가를 만나거나 열차 운행이 지연될 때 준킷사는 커피와 쉼이 있는 대합실 역할을 했다.
지금도 우에노 역 앞에는 '준킷사'라고 쓰인 간판을 단 킷사텐이 여럿 있다. 다방을 떠올리게 하는 곳이니만큼 어르신들만 찾을 것 같지만 신기하게도 젊은 손님의 발길이 끊이지 않는다.

을지로 다방이 핫 플레이스가 된 것처럼 도쿄의 10대, 20대 사이에서도 오래된 킷사텐을 찾아다니는 레트로 순회 문화가 유행해서일까. 여러 킷사텐을 돌며 카페에는 없는 크림소다나 나폴리탄 스파게티를 먹고, 마음에 쏙 드는 킷사텐을 발굴하는 일이 반짝 주목받는 트렌드를 넘어 꾸준한 취미로 자리잡았다. 유행에 발맞추기 위해서가 아니라 정말로 좋고 편안해서 간다는 대학생도 많은 걸 보면 킷사텐에는 분명 세대를 넘나들어 사랑받을 만한 매력이 있다.

가히사칸이 있던 자리에서 2분만 걸으면 나오는 도프도 젊은 팬이 많은 킷사텐이다. 젊은 층의 레트로 킷사텐 순회 문화가 도프에서 시작됐다고 보는 사람도 있을 정도니, 도프는 2020년대 우에노를 대표하는 킷사텐이라고 해도 손색이 없다.
회사와 맨션이 뒤섞인 작은 길 1층에서 푸르게 채색된 문을 열고 손님을 반기는 도프는 재미있게도 준킷사가 아닌 '후준킷사不純喫茶(불순끽다)'라는 이름이 붙어 있다. 불순한 킷사텐이라니! 모르는 사람이 보면 정말로 불순한 곳으로 오해할지도 모를 일이지만, 카페와 킷사텐에 얽힌 스토리를 알고 나면 오히려 재미있는 이름이다. 도프는 커피와 음식을 팔지만 저녁엔 주류 메뉴도 제공해 '우리는 술도 파니까 순수 킷사가 아니라 불순 킷사야' 하고 장난스러운 농담을 건네는 것이다.
우에노와 나카노, 두 개 지점에서 도프를 운영하는 주인 이카와 유스케 씨는 이렇게 말한다.
"저는 유소년기에 준킷사에서 나폴리탄과 크림소다를 먹던 세대예요. 그 공간이나 세계관이 좋아서 그것을 알기 쉽게 재정의하고 싶다는 것이 발상의

우에노에는 일본 최초의 킷사텐
가히사칸 터와 가장 젊은 킷사텐
도프가 동시에 존재한다.

'불순한 어린이 런치不純なお子様ランチ'와 쇼와 푸딩. 불순한 어린이 런치에 포함된 음료는 하이볼이다.

빨간 머리 앤의 방을 닮은 도프에는 세월의 묵직함 속에서 푹 꺼진 소파가 자리를 지키고 있다.

원점이에요. 킷사텐이 보급되던 시대엔 술을 제공하고 여자가 접객하는 캬바쿠라 같은 업태까지 뭉뚱그려 킷사라고 불렀죠. 그중에서도 준킷사는 순수하게 킷사 메뉴만 제공하는 가게로 차별화했잖아요. 불순 킷사는 그 역재생이라고 할까요. 술도 제공하니까요."

파란 문을 지나 도프에 들어가면 거칠게 마감한 베이지색 벽에 걸린 자수 액자와 스테인드글라스로 꾸민 조명이 차분히 인사를 건넨다. 정말로 다방에서나 쓰였을 법한 갈색 장판과 청록색 의자는 우에노 킷사텐이 보낸 세월을 그대로 간직하고 있고, 커다란 창문에 달린 하얀 주름 커튼은 머리를 양 갈래로 곱게 묶었다.
도프는 2020년에 생긴 신생 킷사인데 어째서 과거의 정취가 흐를까? 킷사텐이라는 공간과 세계관은 무언가 새것을 들여 채우는 것만으로는 만들어지지 않나 보다. 나카노에 있는 도프는 35년 역사를 지닌 마을 킷사텐을 인수하면서 벽과 가구를 그대로 살렸고, 우에노 도프도 40년 동안 한자리에 있던 킷사텐 베르테에서 쓰던 것을 버리지 않고 그대로 쓰고 있다.
매일매일 새로운 물건을 쏟아 내는 세상은 "이 새로운 것이 너를 더 독특하고 반짝이게 만들어 줄 거야" 하고 속삭이는 듯하지만, 오래된 것들을 하나하나 거두어 매만지는 도프를 보면 또 다른 생각이 든다.

새로움이라는 것의 생명력은 아주 잠깐이다. 어제의 새로움은 오늘의 새로움에, 오늘의 새로움은 내일의 새로움에 자리를 내주어야 한다. 반면 오래도록 쓰임을 다하는 것들은 다른 무언가로 쉽게 대체되지 않은 채 묵묵히 가치를 지킨다. 도프의 낡은 의자에 앉으면 우리를 진정으로 채워 줄 수 있는 것이 꼭 새로움만은 아닐지도 모른다는 생각이 들면서, 변하지 않는 것들의 얼굴도 차분히 바라보게 된다.
도쿄 사람들이 오늘도 기꺼이 킷사텐 문을 여는 데는 이런 이유가 있는 건 아닐까. 카페 말고 킷사텐은 도쿄에서 꼭 봐야 할, 이곳 문화의 일부다.

오픈 전부터 늘어선 긴 대기 줄. 도프는 현금을 받지 않는 캐시리스 정책과 힙합을 중심으로 한 선곡으로 젊은 세대에게 인기가 높다.

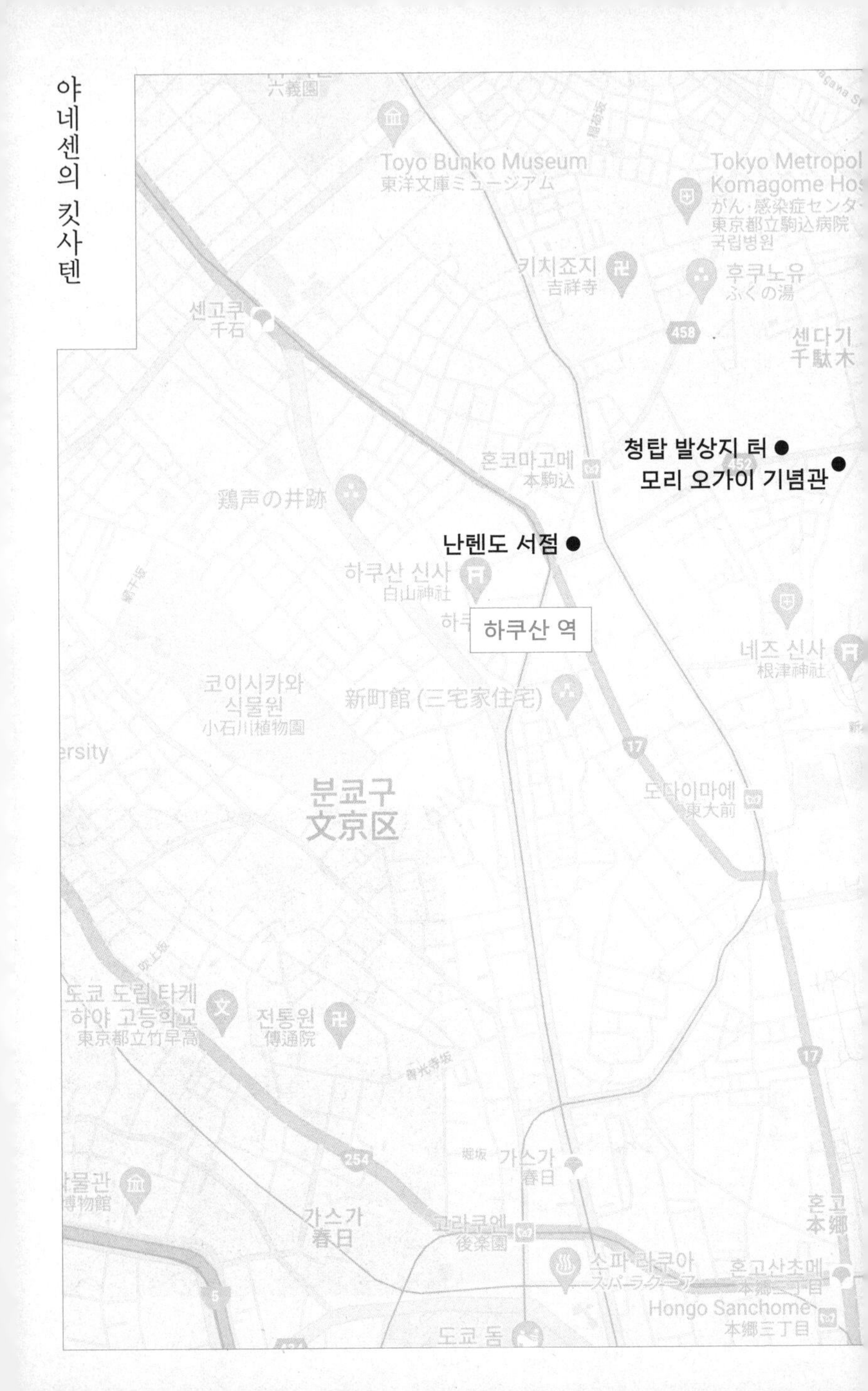
六義園
Toyo Bunko Museum
東洋文庫ミュージアム
Tokyo Metropol
Komagome Hos
がん·感染症センター
東京都立駒込病院
국립병원
키치죠지
吉祥寺
후쿠노유
ふくの湯
센고쿠
千石
센다기
千駄木
청탑 발상지 터
모리 오가이 기념관
혼코마고메
本駒込
鶏声の井跡
난렌도 서점
하쿠산 신사
白山神社
하쿠산 역
네즈 신사
根津神社
코이시카와
식물원
小石川植物園
新町館 (三宅家住宅)
ersity
분쿄구
文京区
도다이마에
東大前
도쿄 도립 타케
하야 고등학교
東京都立竹早高
전통원
傳通院
가스가
春日
물관
博物館
가스가
春日
고라쿠엔
後楽園
혼고
本郷
스파 라쿠아
スパ ラクーア
혼고산초메
本郷三丁目
Hongo Sanchome
本郷三丁目
도쿄 돔

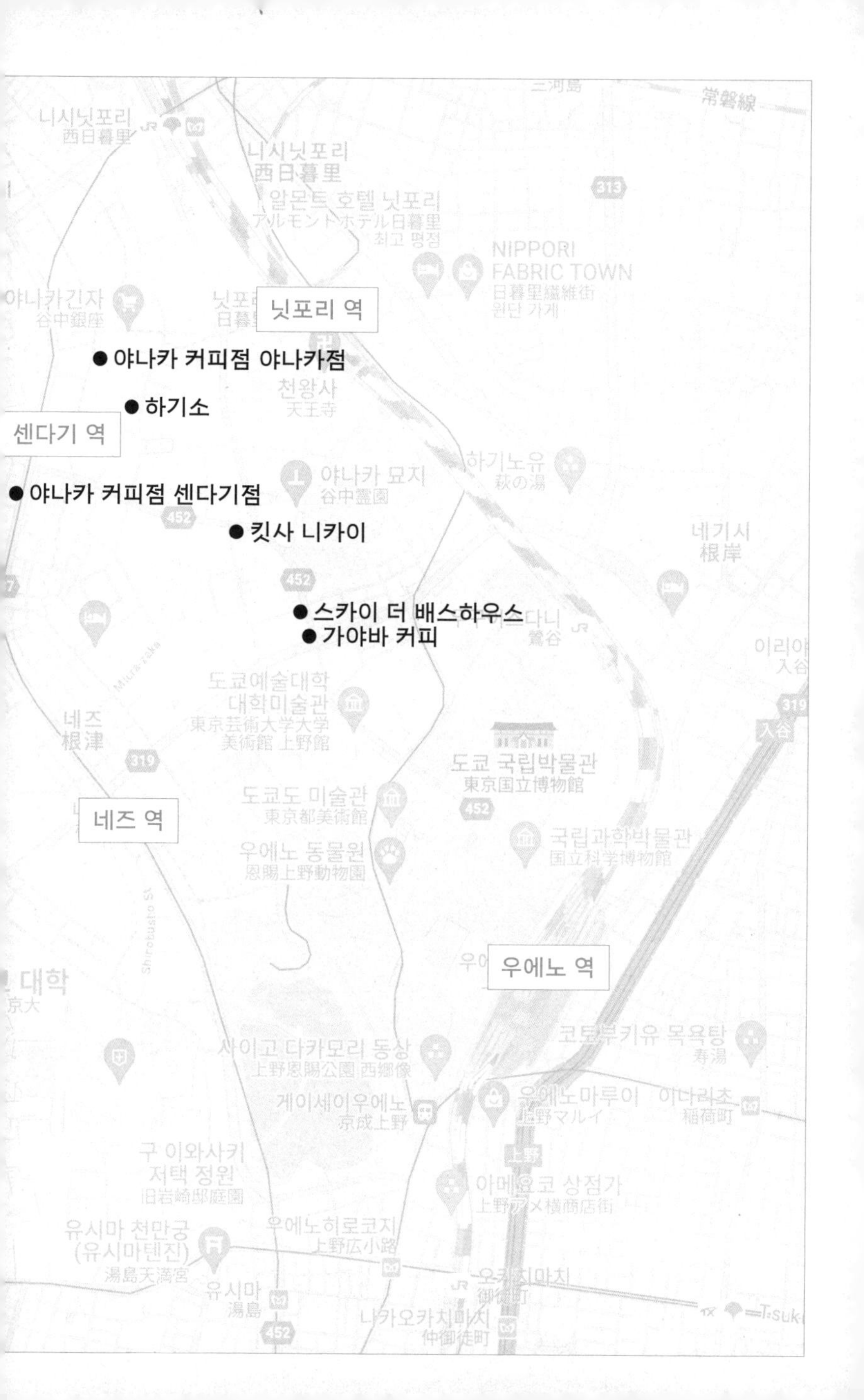

닛포리 역
● 야나카 커피점 야나카점
● 하기소
센다기 역
● 야나카 커피점 센다기점
● 킷사 니카이
● 스카이 더 배스하우스
● 가야바 커피
네즈 역
우에노 역
니시닛포리
西日暮里
알몬트 호텔 닛포리
アルモントホテル日暮里
NIPPORI
FABRIC TOWN
日暮里繊維街
원단 가게
야나카긴자
谷中銀座
천왕사
天王寺
야나카 묘지
谷中霊園
하기노유
萩の湯
네기시
根岸
도쿄예술대학
대학미술관
東京芸術大学大学
美術館 上野館
네즈
根津
도쿄 국립박물관
東京国立博物館
도쿄도 미술관
東京都美術館
국립과학박물관
国立科学博物館
우에노 동물원
恩賜上野動物園
코토부키유 목욕탕
寿湯
사이고 다카모리 동상
上野恩賜公園 西郷像
게이세이우에노
京成上野
우에노마루이
上野マルイ
이나리초
稲荷町
구 이와사키
저택 정원
旧岩崎邸庭園
아메요코 상점가
上野アメ横商店街
유시마 천만궁
(유시마텐진)
湯島天満宮
우에노히로코지
上野広小路
유시마
湯島
오카치마치
御徒町
나카오카치마치
仲御徒町

노포 킷사텐의 문을 열면 비로소 들리는 이야기

가야바 커피カヤバ珈琲
난텐도南天堂

도쿄의 체온
야네센에 스민

도쿄라는 이름을 들으면 지하철역에서 흔히 보이는 타일 벽이 떠오른다. 정사각형 타일을 질서 정연하게 붙인 벽면이 끝없이 이어지는 모습이 도쿄라는 도시 같기도 하고, 이곳 사람들의 모습 같기도 해서다.
그런데 도쿄에서도 야네센이라는 이름을 들으면 또 다르다. 어디선가 인기척이 들리는 듯하면서 뭉근한 체온 같은 것이 느껴진다. 말하자면 붕어빵 포장마차를 채운 훈기 같은 느낌. 야네센에는 동네 할머니와 아저씨와 아이들이 올망졸망 모여 붕어빵을 기다릴 때의 따뜻한 기운이 있다. 야네센을 걸으며 '여기에는 사람이 있고 삶이 있구나' 하고 느낀 순간순간이 그곳을 도쿄의 체온으로 기억하게 한 듯하다.

야나카, 네즈, 센다기의 앞 글자를 딴 야네센은 흔히 말하는 시타마치下町다. 도쿄 중심부 고지대가 아닌 저지대에 있던 서민 마을을 뜻하는 시타마치에는 오래된 골목이며 집이 고스란히 남아 있는데, 소박한 길거리 음식과 한 뼘 크기 상점, 길고양이가 어슬렁대는 거리가 보통 사람들이 살아온 소박한 삶의 풍경을 보여 준다.
야네센을 찾는 여행자들은 주로 야나카 긴자 거리를 찾는다. 좁은 골목을 사이에 두고 작은 가게가 빼곡히 마주 보고 있는 야나카 긴자를 지켜보고 있노라면 마냥 재밌다. 그림이 그려진 도화지를 든 거리의 만담꾼은 길에 의자 몇 개를 놓아 객석을 만들고는 실감 나는 이야기를 선보인다. 만담꾼의 호들갑에 사람들은 킥킥 웃으며 지나가고, 맞은편에 있는 동네 바는 식탁과 의자를 밖으로 꺼내 대낮부터 술 한잔을 권한다. 중고 가게는 자투리 기모노 원단을 신기해하는 외국인으로 빙 둘러싸여 있고, 어디선가 흘러 들어온 맛있는 냄새는 사람들을 거리의 부엌으로 이끈다.
장면 하나하나에 천천히 눈을 맞추며 골목골목을 걷던 나도 고구마 스틱이며 군밤에 홀려 양손 가득 먹거리를 사 든다. 마지막으로 정육점표 고로케를 한입 물고 '저녁노을 계단'이라는 유야케 단단에 오르면 배도 마음도 불러 온다. 아, 소박한 여행에도 금세 충만해지고 마는 이 단순함이여!

170m 길이 골목길에 760개 상점이 촘촘하게 늘어선 야나카 긴자는 천천히 흐르는 시간 속으로 여행자를 초대한다.

谷中ぎんざ
動物・野澤
クリニック

야네센에서 가장 유명한 장소는 야나카 긴자지만
조금만 눈을 돌리면 더 많은 것들이 보인다. 갤러리가
많은 야네센의 또 다른 별칭은 '아트 명소'다. 예술에
조예가 깊은 여행자는 물론 스토리에 이끌리는
사람들의 눈과 귀도 활짝 열린다.
그중에서도 센다기와 닛포리 사이에 있는 하기소는
야네센만의 스토리가 담긴 갤러리이자 카페다.

1950년대에 지은 다세대주택 하기소는 도시의
화려함과는 거리가 먼 주거지였다. 세월에 닳을
대로 닳아 월세가 말도 못하게 쌌던 이곳에
도쿄예술대학에 다니는 학생 여섯 명이 차례로
들어오는데, 이 젊은 예술가들은 하기소를
아틀리에로 활용한다.
하지만 그런 생활도 잠시. 하기소도 3·11 대지진을
피해 갈 수는 없었다. 망가진 하기소를 허무는 게
낫겠다는 집주인의 결정에 학생들은 마음 깊이
아쉬워한다. 이들은 곧 사라질 집을 기억하기 위해
'하기엔날레'라는 전시를 열었는데, 어떻게 된
영문인지 3일 동안 무려 1500명의 관람객이 찾아드는
놀라운 일이 일어난다. 하기엔날레 덕분일까. 무사히
살아남은 하기소는 여전히 자기 자리를 지키며
마을 밖에서 온 방문객과 야네센을 잇는다.

야네센을 여행하며 머문 숙소 하나레도 하기소가 운영하는 시설이다. 'The Whole Town Can Be Your Hotel'이라는 캐치프레이즈 아래 운영되는 하나레는 "야네센이라는 마을 전체가 여러분의 숙소예요"라고 말한다.
하나레는 안과 밖을 연결하는 일에 마음을 쓴다. 오래된 마을 민가를 고쳐 만든 객실은 이곳 사람들이 사는 집과 집 사이에 있고, 주민들과 똑같은 마을 목욕탕을 이용하게끔 쿠폰을 선물한다. 지역과 단절된 여행이 아닌 지역에 녹아드는 여행이다. 이러니 야네센을 도쿄의 체온으로 기억할 수밖에.

하기소와 하나레를 지나 좀 더 남쪽으로 내려오면 현대 예술 갤러리인 스카이 더 배스하우스SCAI The Bathhouse도 만날 수 있다. 폐업한 목욕탕을 전위예술가의 작품 전시 공간으로 되살린 이곳은 외부와 내부가 완전히 달라 신선한 매력을 자아낸다.
이런 장소들을 찾아다니며 야네센을 걷다 보면 '도시에서 지금 이 시대만의 새로움을 만들고 새기는 일도 무척 중요하지만, 지워져 가는 옛 풍경에 색깔을 다시 입히는 일도 소중하구나' 하는 생각이 든다.
전자가 카페 같은 곳이라면 후자는 킷사텐이 아닐까.
그런 의미에서 킷사텐과 야네센은 닮은 점이 많다.
그래서 킷사텐을 좋아하는 사람은 야네센을, 야네센을 좋아하는 사람은 킷사텐을 좋아하나 보다.

가야바 커피
90년 노포 킷사

스카이 더 배스하우스에서 1분만 걸으면
이 지역에서도 눈에 띄게 예스러운 이층 건물 한 채와
'가야바 커피'라고 쓰인 노란 간판이 눈에 들어온다.
1916년에 지은 이 건물이 킷사텐이 된 것은 1938년.
마스터※와 가족은 자신의 성씨를 따서 가게 이름을
짓고 70년에 걸쳐 손님을 맞이했다. 그런데 2006년
마스터에 이어 아내까지 숨을 거두면서 킷사텐을
운영할 사람이 없어졌다.
귀중한 건물과 문화가 사라지는 것을 원하지 않았던
지역 비영리단체NPO가 전문 건축가의 도움을 받아
건물을 손보는 동시에 킷사텐의 새 주인을 찾았고,
덕분에 가야바는 100년 노포를 향해 나아갈 수 있게
되었다.

가야바는 물론 마을 상점 곳곳에 새겨진 이야기를
듣고 나면 이곳의 레트로한 분위기가 옛것을
수동적으로 방치해서가 아니라 필사적으로 애쓰고
지켜서 유지된다는 사실을 알 수 있다. 고풍스러운
클래식 카를 유지하는 데 신차를 뽑는 것보다 더
많은 정성과 비용이 드는 것처럼, 낡은 건물과 오래된
킷사텐을 갈고닦는 일에는 때론 모두 허물고 새집을

※ 킷사텐을 소유했거나 일을 실제로 도맡아 하는 주인을 친근하게 부르는 말. 주인이 여성인 경우에는 '마마'라고 부르기도 한다.

짓는 것보다 더 큰 수고가 필요하니 말이다.
현재 가야바는 예약해야 들어갈 수 있다. 구도심인 야네센은 길이 넓지 않은데, 한 사람이 겨우 지나갈 만한 틈을 대기 손님이 막아 버리면 차도 사람도 오가기 어려워 보인다. 예약을 고집하는 이유가 납득이 가면서, 오히려 원하는 시간에 원하는 인원수만큼 자리가 확보되니 손님에게도 좋은 일이라는 생각이 든다.
문을 밀어젖히자 오른쪽에는 커피를 내리는 바리스타의 공간이, 왼쪽에는 정갈하게 놓인 식탁과 의자가 보인다. 선대 마스터가 처음 문을 열 때부터 썼다는 의자다. 가야바를 되살리는 과정에서 더는 쓰지 못할 정도로 노후된 곳은 고쳤지만 외관과 바닥, 기둥과 창문, 의자, 식기는 최대한 옛것 그대로를 살렸다고 한다. 어떤 음악도 틀지 않고 골목과 사람의 소리를 그대로 느끼게 하는 것도 과거와 같다. 창문 틈으로 새어 들어오는 야네센 거리의 생생함도 가야바의 일부인 것이다.

가야바가 좋은 킷사텐인 이유는 단지 오래된 가게라서는 아니다. 일단 가야바에는 유명한 가게 특유의 거만함이 없다. 오히려 '이런 게 바로 오모테나시(손님을 맞을 때 진심을 다해 대접하고 환대하는 마음)인가?' 싶을 정도로 손님을 소중히 대하는 마음이 있다.
또 하나, 음식이 훌륭하다. 가야바에서 꼭 맛봐야 할 음식은 달걀 샌드위치와 '루시안'이다. 루시안은 커피와 코코아를 절반씩 섞어 만든 이곳만의 음료로 카페모카와 비슷한 맛이 난다. 달걀 샌드위치는 자연 발효 효모로 만든 사워도 브레드 사이에 갓 구워 김이 펄펄 나는 달걀말이를 넣고, 딜을 섞은 마요네즈 소스를 뿌려 상쾌한 허브 향을 더했다. 둘 다 옛 가야바에 있던 음식으로, 단골손님과 새 마스터가 머리를 맞대 그때

2층은 다다미가 깔린 좌식으로, 1층은 입식으로 이루어진 가야바 커피.
1916년에 세운 건물은 벌써 100세가 넘었다.

가야바 커피를 상징하는
해바라기색 간판.

그 맛을 재현해 냈다. 단지 최근에 샌드위치 빵을 사워도로 바꾸었는데, 야네센 로컬 빵집과 협력해 이 지역만의 음식을 만들기 위해 내린 결단이라 한다. 그렇게 만든 샌드위치는 다른 곳에서 결코 경험할 수 없는 맛이다. 겉은 바삭하고 안은 쫄깃한 빵, 부들부들하게 익은 달걀말이, 딜을 넣어 향긋한 소스가 어우러진 이 맛에 감탄하지 않을 사람이 얼마나 될까.
짧지 않은 시간 동안 일본에 살며 이곳에서 맛있다는 음식은 먹을 만큼 먹었다고 생각했는데, 가야바에서 달걀 샌드위치를 한입 베어 문 순간 '이런 샌드위치가 있다고?' 하는 놀라움에 그동안 헛살았다는 생각까지 들 지경이었다. 도쿄에서 단 하나의 킷사텐만 추천해야 한다면 나는 주저 없이 가야바를 꼽을 것이다.

옛날부터 가야바 커피를 찾던 단골손님은 주로 가까이에 있는 도쿄예술대학 교수나 학생이었다. 달걀 샌드위치와 루시안을 먹으며 예술에 대한 담론을 공유하는가 하면 아예 자리를 펴고 그림을 그리는 손님도 있었는데, 선대 마스터의 아내는 "너희, 지우개 찌꺼기 정리하지 않으면 화낸다!" 하며 엄마 잔소리를 퍼부었다고 한다. 그래도 등짝 안 맞은 게 어디야. 젊은 예술가들이 킷사텐 주인아주머니께 혼나는 모습을 상상하면 어딘지 신비로운 예술가들이 인간적으로 느껴진다.

도쿄 최초의 북 카페, 킷사텐 난텐도

야네센 가까이에는 인간적인 것을 넘어 악동에 가까운 예술가가 찾던 킷사텐도 있었다. 가야바 건물이 신축이던 1920년 문을 연 난텐도다.
센다기 역에서 서쪽으로 난 언덕길을 5분쯤 걸으면 일본을 대표하는 문인 중 하나인 모리 오가이※ 기념관이 나온다. 모리 오가이가 살던 집터에 세웠다는 기념관을 둘러보고 하쿠산 역을 향해 다시 10분 걸으면 동네 책방 하나가 등장하는데, 새하얀 건물에 간판이 걸린 이곳이 도쿄 예술가 중에서도 악동들이 모이던 책방 겸 킷사텐이었다. 지금은 책방만 남았지만 말이다. 원래는 고서점을 운영하던 주인에게 프랑스 여행을 떠난 지인이 '서점 2층에서 카페를 해 줘. 여기서 굉장히 유행하고 있어'라고 쓴 편지를 읽고 도쿄 최초로 책과 킷사텐을 결합했다고 하는데, 난텐도는 일반 킷사텐이 아닌 프랑스 요리를 하는 주방장이 있는 킷사텐이었다.

책과 프랑스 요리가 있는 킷사텐. 이렇게 들으면 세상의 소란과 동떨어진 차분하고 우아한 공간이었을 것 같지만 실상은 전혀 그렇지 않았다. 난텐도 손님들은 아나키스트거나 다다이스트였고, 이들이 언제나 왁자하게 소란을 피우는 바람에 근처에 있던 도쿄대 학생이나 교수들은 난텐도에 발을 들이기 어려워했다. 난텐도 단골이자 다다이스트 시인 다카하시 신키치의

※ 森鷗外(1862~1922) 나쓰메 소세키와 더불어 일본 근대문학을 대표하는 작가. 〈무희舞姬〉, 〈아베일족阿部一族〉 등의 대표작을 남겼다.

일화만 봐도 이유를 알 수 있다. 어느 날 택시를 탄 다카하시는 "이제부터 나는 다다를 전 세계에 선전하겠다"라고 외치며 지팡이로 택시 기사를 마구 때렸다. 이른바 발광 사건이다.
아니, 본인이 다다이스트면 다다이스트지 왜 애꿎은 택시 기사를 때렸을까? 이런 과격함을 이해하려면 1920년 전후를 풍미한 다다이즘에 대한 이해가 조금 필요하다. 1915년부터 1924년까지 미국과 유럽에서 크게 유행한 다다이즘은 자본주의를 배척하고 반이성, 반도덕, 반예술을 표방하며 기존 가치와 질서를 모두 깨부수고자 했다. 그 방식이 얼마나 과격했던지, 난텐도에서는 매일 밤 재떨이가 날아다니고 손님끼리 말싸움, 몸싸움을 하다가 유리창이 깨져 사람이 떨어지는 일도 흔했다고 한다.

예전에 노르웨이를 여행하면서도 비슷한 이야기를 들은 적이 있다. 노르웨이 오슬로에는 '그랑 카페'라는 북유럽 예술가들의 살롱이 있다. 그곳에는 크리스티안 보헤미안이라는 예술가 그룹이 자주 찾아왔는데, '절규'를 그린 화가 뭉크와 〈인형의 집A Doll's Hose〉을 쓴 헨리크 입센도 여기에 속했다. 이들에게는 종교와 도덕, 법전에 맞서고 새로움을 창조하기 위해 만든 여덟 가지 계율이 있었다. 놀랍게도 이런 내용이었다.
'가족과의 뿌리를 끊어라!'
'양친을 아무리 학살해도 모자라다!'
100년 후 세상을 사는 우리가 듣기에는 발광 사건 못지않게 과격하게 느껴지지만, 아마도 당시 예술가들은 과거의 관습을 타파하고는 싶지만 어디까지 뒤엎어야 하는지에 대해서는 일종의

한 세기가 흐르는 동안 킷사실은 사라졌지만, 난텐도는 책방 형태로 살아남아 여전히 자신의 이야기를 들려준다.

책방 한쪽에 난텐도쇼보 소개글이 붙어 있다.
"난텐도쇼보는 메이지 시대부터 이곳에서 학생은 물론 당대 문호 나가이 가후, 시가 나오야, 기쿠치 간, 아쿠타가와 류노스케, 젊은 시절의 가와바타 야스나리, 하야시 후미코, 곤 도코를 비롯해 수많은 무명 문사가 셀 수 없을 만큼 드나들어 책을 뒤지고 2층 킷사실에서 커피를 홀짝이며 인생을 말하고 철학을 논했던 곳입니다."

시행착오를 겪은 것 같다. 하지만 모든 인습에 도전하는 과정이 없었다면 〈인형의 집〉 같은 작품이 탄생할 수 없었을지 모른다.

우리 옛 신문을 통해서도 당시 다다이스트 예술가의 생각을 엿볼 수 있다.

인생이니 감정이니 언어니 문자니 할 것 없시 전통적이요 기아적이면은 뚜다려부시자 그것 때문에 인생도 감정도 사상도 언어도 문자도 다 가치 기성적 아닌 새롭은 표현을 할 수가 업다 모든 인류는 이 기성품 때문에 괴롭워하니 새 길을 엇으라면 기성품을 불살나 버리고 다른 '다다'의 신식품을 지어내지 안아서는 안 되겠다는 것이 표현주의의 예술운동이 생긴 뒤에 혜성과 가치 구주시단에 나타난 다다이슴이다.

—'다다이스트', 동아일보, 1925년 6월 10일

아무리 그래도 그렇지 죄 없는 사람까지 '뚜다려 부신' 건 너무하지만, 그 시절의 다다이스트가 무엇을 말하고 싶어 했는지는 알 것 같다.

살롱은 필요해
아나키스트에게도
다다이스트와

그러나 이 악동들을 결코 미워만 할 수는 없다. 난텐도를 아지트 삼아 만들어 낸 작품에는 오직 그들만이 할 수 있는 이야기가 담겨 있었기 때문이다.

다다이스트와 아나키스트의 공통점은 기존 사회의 권위와 체계에서 자유롭다는 것이다. 세상을 새로이, 그리고 있는 그대로 바라보는 글은 난텐도의 악동만이 쓸 수 있었다.

정읍의
정주읍 수성리는 어떤 곳인가
오늘 밤 한 정읍 사람 이국의 하늘에서 죽다
부안 진양 순천 김해 남원
모두 모여들었네

— 오노 도자부로, 〈정읍 사람井邑の人〉,
〈오노 도자부로 저작집 제1권小野十三郎著作集 第1巻〉,
지쿠마쇼보筑摩書房, 1991

전쟁을 반대하는 시, 조선인의 아픔에 공감하는 시도 이들 손에서 쓰였다. 난텐도 시인들과 함께 아나키즘 잡지 〈적과 흑赤と黒〉을 발간한 오노 도자부로※는 그 자신도 강제징용을 경험했으며, 강제징용된 조선인과 함께 생활하며 쓴 시, 해방 후 고향으로

※ 小野十三郎(1903~1996) 1975년 시집 〈거절의 나무拒絶の木〉로 요미우리 문학상을 수상했다.

돌아간 징용 피해자에 대한 인간적인 그리움을 담은 시를 여럿 남겼다. 또 관동대지진의 야만을 기록한 시 〈15엔 50전十五円五十銭〉으로 잘 알려진 쓰보이 시게지◎도 난텐도의 시인이었다. 자신이 다다이스트라며 택시 기사를 폭행했던 다카하시 신키치와 쓰지 준도 조선의 다다이스트 고한용의 초대를 받아 서울을 여행하고 그 경험을 시로 남겼다.
일본 곳곳에서 노포라 불리는 킷사텐을 접하다 보면 이런 생각이 들 수 있다. '그때 우리나라는 일제강점기였는데 여기서는 한가롭게 커피를 마셨구나.'
교토에서 가장 아름다운 킷사텐 프랑수아에 다녀온 여행자도 비슷한 말을 했다. "좋긴 한데, 당시 한국이 일제강점기였던 점을 상기하면 씁쓸해요" 하고.
하지만 킷사텐은 주로 예술가가 모이는 곳이었고, 예술가들은 자신이 할 수 있는 일을 했다. 도자기에 그림을 새기는 화공이자 노동운동가였던 프랑수아 주인은 "교토를 군국주의의 거리로 만들어서는 안 된다"라며 어두운 시대에 저항하는 의미를 담아 킷사텐을 환하고 밝게 꾸몄다. 그리고 킷사텐에서 번 돈은 교토의 표백 공장이나 벨벳 공장에 징용된 조선인과 차별당하는 노동자를 돕는 활동비로 썼다. 그 때문에 국가의 눈 밖에 난 킷사텐에는 사복 순사가 상주하며 주인과 손님을 감시했다.

난텐도도 다르지 않았다. 난텐도의 아나키스트 손님 오스기 사카에◇는 관동대지진 때 조선인과 함께 살해되어 우물에 버려진 비운의 인물로, 독립운동가와 교류하고 상하이 대한민국 임시정부에도 출입할 만큼 사고와 행동이 거침없었다.

◎ 壺井繁治(1898~1975) 관동대지진 때 일어난 조선인 학살 사건을 시를 통해 고발했다.

◇ 大杉栄(1885~1923) 일본군 아버지에게서 태어나 육군유년학교에 입학하지만 퇴학해 아나키스트가 된다. 관동대지진 때 오스기 사카에 부부가 일제 헌병 아마카스 마사히코에게 살해당한 사건을 '아마카스 사건'이라 한다.

우리나라 예술가들도 오스기 사카에와 영향을
주고받았다. 학생 시절 유치진이 농민 연극을
하겠다고 마음먹은 계기는 오스기 사카에가 번역한
〈민중예술론民衆芸術論〉을 읽고 아나키즘에 공감했기
때문이었다고 한다. 유치환, 이육사, 염상섭도
아나키즘에 영향을 받은 문학가였다.
그런 오스기가 동료들과 연구회를 열거나 신문을
펴내던 곳이 난텐도의 킷사텐이었다. 그러고 보면
순사에게 미운털이 박힌 다다이스트나 아나키스트
같은 악동에게도 만나고 교류할 살롱이 필요했던
것은 아닌지. 킷사텐에서 태어난 글과 예술이 시대
상황과 동떨어진 것이 아니라, 현실에 맞서고 치열하게
충돌하는 것이기도 했음을 센다기를 걸으며 느낀다.
도쿄에 있는 또 다른 킷사 노포는 우리에게 어떤
이야기를 들려줄까. 사람과 지역에 관한 이야기여도,
문화나 예술에 관한 이야기여도 좋다. 노포 킷사텐의
문을 자꾸만 열고 싶은 이유는 아마도 킷사텐만이
들려줄 수 있는 이야기 때문인지도 모르겠다.

킷사 니카이
喫茶ニカイ

킷사 니카이는 개성 있는
가게가 많은 야나카에서도
20~30대에게 사랑받는 곳이다.
식기 셀렉트 숍인 코콘kokonn에
들어가 2층으로 향하는 계단을
오르면 파랗고 청명한 킷사
니카이가 나온다.
할아버지, 할머니 댁 같은
편안함과 아늑함, 그리움과
새로움이 공존하는 공간을
지향한다는 니카이의 소품
하나하나에는 감각과 정성이
깃들어 있다. 전등을 포함한
유리 소품은 야나카 긴자의
스테인드글라스 스튜디오
니도Nido와 손잡고 만든
것이다. 지역의 상점과 상점이
연결되었을 때 생겨나는
시너지가 공간을 더욱 특별하게
밝힌다.
킷사 니카이 대표 메뉴는
'니카이 크림소다'. 탄산음료에
아이스크림을 올린 크림소다는
어느 킷사텐에나 있지만 이곳
크림소다 맛은 특별하다.
니카이 고유의 톤인 청명한
푸른색을 담은 음료는 라무네

소다와 비슷하지만 당도가
낮아 개운한 맛이 나고,
아이스크림은 바닐라가 아닌
요거트로 만들어 산뜻하다. 레몬
스쿼시에 마스카르포네 치즈
아이스크림을 올린 크림소다,
진저에일 위에 패션프루츠
아이스크림을 올린 크림소다
등 킷사 니카이의 주방은 젊은
손님의 미각을 충족시키는
메뉴를 마술 부리듯 만들어 낸다.
역사가 몇십 년에 달하는
정통파는 아니지만 니카이는
어제의 킷사텐을 넘어 내일의
킷사텐을 기대하게 만든다.
그리움과 새로움의 공존을
경험하고 싶다면 니카이로!

센다기 역에서 도보 8분, 닛포리 역에서 도보 10분, 네즈 역에서 도보 13분

목요일~화요일 11:00~18:00, 수요일 휴무

전석 금연

킷사텐 중에서는 드물게 인스타그램 DM으로 예약을 받는데, 당일 워크인 손님은 빈자리가 있으면 들어갈 수 있다. 예약은 전화(03-5834-2922) 혹은 인스타그램(@kissa.nikai) DM으로 희망 일시, 인원, 이름, 연락처를 알려 주면 된다. 토요일, 일요일, 공휴일은 이용 시간이 1시간으로 제한된다.

야나카 커피점 야나카점
やなか珈琲店 谷中店

야나카 긴자를 걷다가 작은 원두 상점 앞에 옹기종기 모여 커피를 홀짝이는 사람들을 발견했다면? 그 가게는 틀림없이 야나카 커피점일 것이다. 원두 전문점인 야나카 커피점은 야네센에서 커피를 즐기기 좋은 장소다. 야네센 인근에는 야나카점, 네즈점, 센다기점이 있으며, 야나카점과 네즈점은 공간이 협소해 테이크아웃 중심으로 운영한다. 만약 킷사텐 같은 분위기에서 천천히 쉬어 가고 싶다면 센다기점을 찾는 것이 좋다. 야나카 커피의 특징은 15개국 산지에서 수입한 30종류의 커피 원두를 판매한다는 점이다. 로스팅은 라이트 로스트에서 이탤리언 로스트까지 7단계, 분쇄 굵기는 손님이 주로 사용하는 도구의 특징에 맞춰 9단계 중 선택할 수 있다.

센다기 역에서 도보 3분, 야나카 긴자 거리 서편에서 도보 2분

매일 10:00~20:00

전석 금연

커피 오조
珈琲王城

오조는 우에노 역 앞에서도 가장 많은 손님이 찾는 킷사텐이다. 오조 앞에 늘어선 긴 대기 줄을 본 행인들은 “와, 여기 돈 진짜 많이 벌겠다”라며 놀라움을 감추지 못하지만 오조는 산소호흡기를 달고 사망선고를 기다리다가 극적으로 살아난 킷사텐이다. 할아버지에서 손자에 이르기까지 3대의 손길로 키워진 오조는 코로나19 앞에서 맥없이 쓰러졌다. 하루 손님 다섯 명, 매출은 1만 엔에 그쳤다. 그야말로 폐업이 코앞이었다. 손님들은 당장 내일 망해도 이상하지 않을 킷사텐의 선불 쿠폰을 사는 방식으로 경영을 도왔다. 코로나19가 옛일이 되어 버린 지금까지도 그 쿠폰을 실제로 쓴 사람은 거의 없는데, 손님들은 커피를 마시기 위해서가 아니라 킷사텐을 지키고 싶어서 쿠폰을 산 것이다. 오조에서 가장 인기 있는 메뉴는 나폴리탄과 파르페다. 오조 나폴리탄은 50년 전 처음 문을 연 후로 한 번도 레시피를 바꾸지 않아 추억의 나폴리탄을 맛보고 싶어 하는 손님들이 많이 찾는다. 삶은 면을 냉장고에서 한 김 식혀 쫄깃한 식감이 특징인데, 손님과 킷사텐의 우정 어린 스토리가 음식 맛을 더 진하게 느끼도록 한다.

우에노 역에서 우에노 마루이 방면으로 도보 3분

매일 08:00~19:00

전석 금연

お待ちいただき
ありがとうございます。
ご案内致しますので
こちらからお並びください。
珈琲
王城

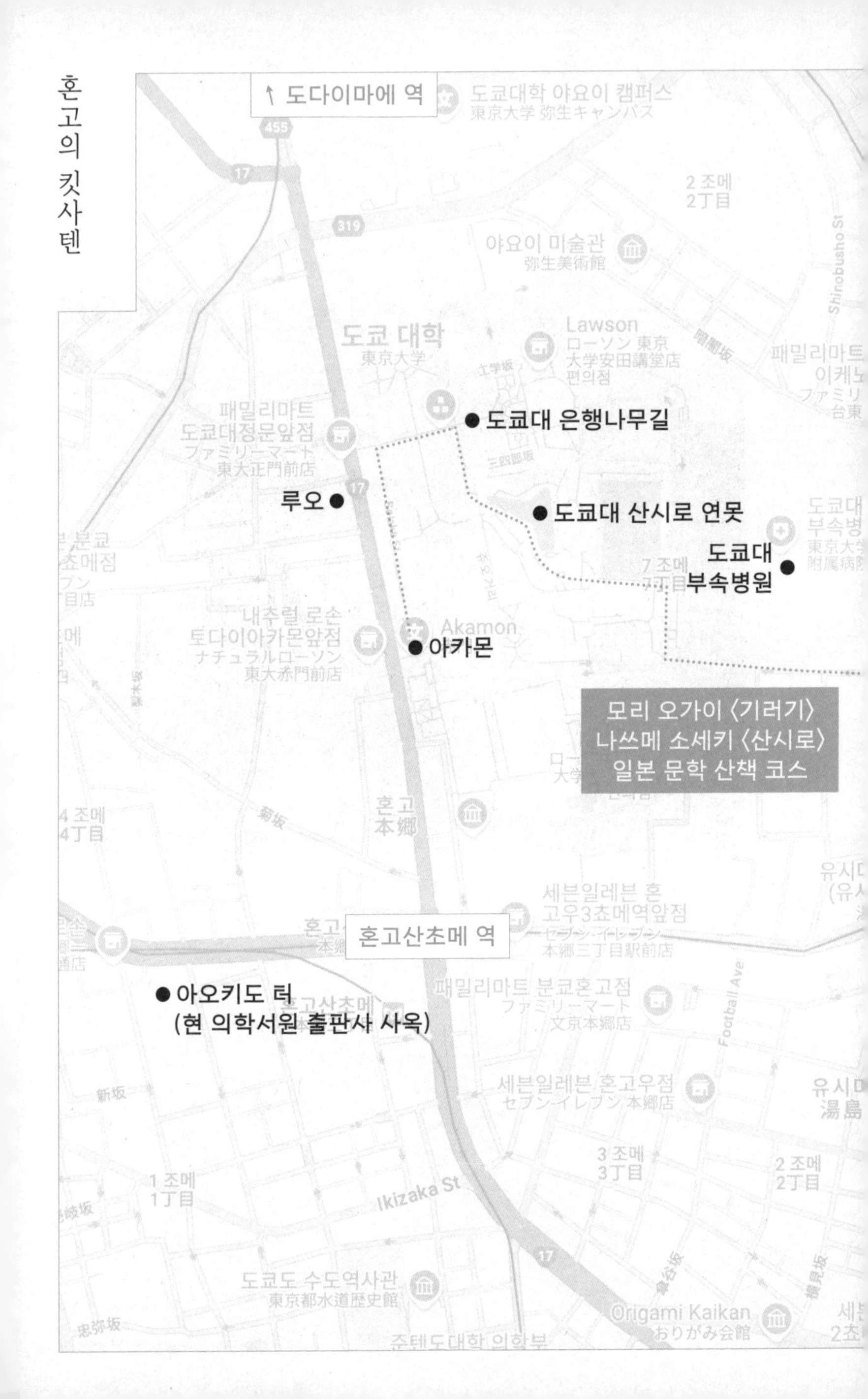
혼고의 킷사텐
↑ 도다이마에 역
도쿄대 은행나무길
루오
도쿄대 산시로 연못
도쿄대 부속병원
아카몬
모리 오가이 〈기러기〉
나쓰메 소세키 〈산시로〉
일본 문학 산책 코스
혼고산초메 역
아오키도 터
(현 의학서원 출판사 사옥)
도쿄 대학
東京大学
도쿄대학 야요이 캠퍼스
東京大学 弥生キャンパス
야요이 미술관
弥生美術館
혼고
本郷
도쿄도 수도역사관
東京都水道歴史館
Origami Kaikan
おりがみ会館
Ikizaka St
Football Ave
Shinobusho St

우에노 역
무엔자카 언덕길
시노바즈 연못
국립과학박물관
国立科学博物館
우에노 동물원
恩賜上野動物園
우에노 동조궁
上野東照宮
국립서양미술관
国立西洋美術館
우에노 공원
上野恩賜公園
고죠 텐신사
五條天神社
우에노모리 미술관
上野の森美術館
임시 휴점
시노바즈노이케
不忍池
게이세이우에노
京成上野
우에노마루이
上野マルイ
6 조메
6丁目
아메요코 상점가
上野アメ横商店街
나카마치 거리
오카치마치
御徒町
유시마
湯島
나카오카치마치
仲御徒町
1 조메
1丁目
3 조메
3丁目
세븐일레븐 분
유시마3초메점
セブン-イレブン
文京湯島3丁目店
ホテルマンデー
秋葉原、アメ横等の
세븐일레븐
타이토2초메점
セブン-イレブン
台東2丁目店
로손 아키하바라
주오도리 점
ローソン 秋葉原中央通店
스에히로초역
2 조메
2丁目
Uero Park St
Joetsu Shinkansen
Ruby St
Gokencho St
Sapphire St
Suehiro Renga dori

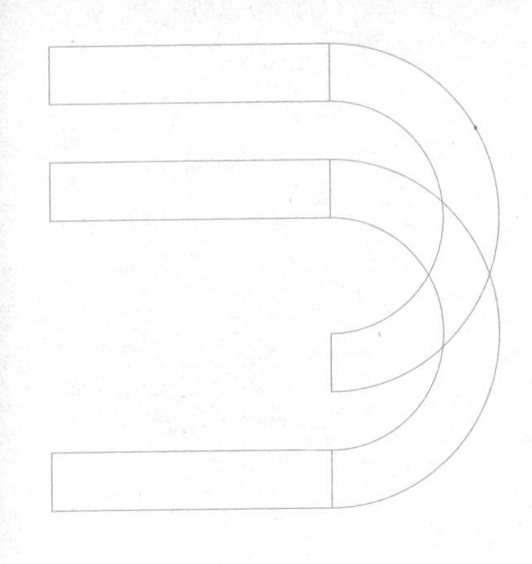

나쓰메 소세키도 킷사텐이 좋아서

루오ルオー

아오키도青木堂

알고 나면 재밌는 밀크홀의 존재

서울에 갔다가 종로 한복판에서 '밀크홀 1937'이라 쓰인 간판을 보았다. 이름만 들어도 고소함이 느껴지는 이 뉴트로 카페에 오래전에 사라진 밀크홀이라는 이름이 다시 쓰인 것이 반가워 냉큼 주문대 앞에 선 기억이 난다.
카페마다 베이커리에 힘을 준 카페, 원두에 강점이 있는 카페, 쇼콜라티에가 만든 초콜릿을 파는 카페 등 다양성이 있는 것처럼 킷사텐도 각자 내세우는 특징이 조금씩 다르다. 밀크홀은 '우유'를 전면에 내세운 킷사텐의 일종이었다. 우유가 그만큼 귀해서였을 텐데, 우유도 커피 못지않게 흔한 마실 거리가 된 지금은 킷사텐 메뉴판 속 한 줄로만 남으면서 밀크홀은 찾아볼 수 없게 됐다.

그런데 서울에서 일본으로 돌아온 지 얼마 지나지 않아 밀크홀의 흔적을 또 만났다. 이번에는 나고야에 있는 지브리 파크에서였다. 지브리의 대창고라는 전시 공간에는 기념품 상점과 작은 과자점 하나가 붙어 있다. 그 과자점에서는 지브리 작품 〈바람이 분다風立ちぬ〉에 나온 추억의 간식 '시베리아'를 파는데, 이 옛날 간식이 얼마나 인기가 높은지 오후에 입장한 관람객은 살 수 없을 정도다. 시베리아를 구하지 못한 사람의 아쉬움을 달래기 위해서인지 가까운 편의점에서는 시판

시베리아를 구해 잔뜩 가져다 놓고 팔았다. 화려한 디저트가 많은 요즘에 보기 드문 광경이었다. 마치 샌드위치처럼, 두 장의 카스텔라 사이에 양갱을 닮은 단팥 무스를 끼운 시베리아는 우유에 곁들이면 가장 맛있는 밀크홀 대표 간식이다. 생김새가 시베리아 광야의 흰 눈 위에 깔린 검은 철도를 연상시킨다고 해서 이런 이름이 붙었는데, 밀크홀과 더불어 사라져 가던 간식이 애니메이션 콘텐츠를 통해 새로운 세대에게 소개되는 걸 보며 할매 입맛을 지닌 사람으로서 무척 뿌듯했다.

밀크홀에는 우유와 시베리아 말고도 흥미로운 조합이 있다. 바로 귤이다. 우유 파는 곳에서 다른 과일도 아니고 왜 하필 귤인가 싶은데, 우유에 귤즙을 똑똑 떨어뜨려 굳혀 먹는 것이 밀크홀 별미였다나. 지인과 함께 찾은 킷사텐에서 메뉴판에 적힌 '밀크'를 가리키며 이런저런 이야기를 풀면 사람들은 "넌 도대체 몇 살이니? 그런 걸 누구한테 듣고 오는 거야?" 하고 배를 잡고 웃는다. 그러면 나는 답한다. 나에게 밀크홀 이야기를 들려준 사람은 바로 나쓰메 소세키로소이다.

밀크홀로 들어간다. 아래위에 간유리를 달고 가운데에 투명한 유리 한 장을 끼운 미닫이문 가까이에 자리를 잡고 외발 의자에 앉는다. 구운 빵을 씹고 우유를 마신다. (…) 그 왼쪽에는 귤을 까서 즙을 내 우유 속에 똑똑 떨어뜨리고 있는 서생이 있다. 귤 하나 짜고는 〈문예구락부〉의 게이샤 사진을 한 장 넘기고, 귤 하나 짜고는 또 한 장 넘긴다. 게이샤의 사진이 끝나는 부분에서 그는 숟가락으로 컵 안을 저으며 묘한 표정을 짓고 있다. 산성이 우유를 굳게 만든 것에 놀라고 있을 것이다. (…)
다카야나기 군은 그곳에 쌓여 있는 신문 아래쪽에서 잡지를 빼내 이것저것 본다. 찾고 있던 고코 잡지는 아사히신문 밑에 접혀 있었다. 접혀 있기는 했지만 아직 새것이다. 4, 5일 전에 막 나온 잡지이기 때문이다. (…)

— 나쓰메 소세키, 〈태풍野分〉(1907),
이와나미분코岩波文庫, 2016

나쓰메 소세키가 묘사한 밀크홀에는 잡지와 신문이 보인다. 실제로도 밀크홀은 다양한 신문을 가져다 놓는 신문 킷사텐의 연장선에 있었다고 한다. 밀크홀은 학생이 많이 오가는 거리에서 최대한 많은 신문과 잡지를 갖춰 누구나 읽을 수 있게 했다. 밀크홀에서 우유만큼이나 중요한 것은 읽을거리였던 것이다.
이미 사라진 식문화지만 밀크홀에 대해 한번 알고 나면 지금의 킷사텐이나 여행지, 문학작품에서도 심심찮게 밀크홀의 흔적을 발견할 수 있다. 어디선가 "어! 이거 밀크홀에 있던 문화인데!" 하는 요소를 마주칠 때마다 밀크홀과 숨은그림찾기를 하는 듯한 재미가 있다. 킷사텐을 통해 일본의 작고 사소한 문화를 알아 가는 재미다.

나쓰메 소세키가 걸었던 길을 따라가면

밀크홀이 있던 도쿄대 주변은 긴자나 시부야처럼 많은 여행자가 찾는 곳은 아니지만 도쿄에 여러 번 가 본 사람이 사부작사부작 조용한 도보 여행을 즐기기 훌륭한 지역이다. 눈에 들어오는 일상 풍경이 정답고, 아담한 도쿄대 혼고 캠퍼스를 가로지르며 일본 대학교 캠퍼스의 모습을 관찰하는 즐거움도 있다. 이럴 때가 아니면 또 언제 도쿄대를 구경해 본단 말인가.

이 산책의 출발지는 우에노. 먼저 우에노 공원에서 모리 오가이의 〈기러기雁〉※에 나오는 시노바즈 연못을 바라보며 초록이 짙은 식물이 뿜는 기분 좋은 에너지를 들이켠다. 그런 다음 공원 서쪽으로 빠져나와 '무엔자카'라고 불리는 좁은 언덕길을 가볍게 따라 오른다. 〈기러기〉의 주요 무대이자, 모리 오가이가 몸담았던 도쿄대 부속병원이 있는 길이다. 근대건축 유산인 도쿄대 부속병원에서 조각가 신카이 다케조가 새긴 작품을 감상하다 보면 자연스레 혼고 캠퍼스로 접어든다. 자전거를 타고 이 건물에서 저 건물로 옮겨 가는 남학생, 커다란 가로수 아래

※ 우에노 공원과 도쿄대 혼고 캠퍼스 주변을 배경으로 삼는 작품이다. 가난한 홀아버지를 모시고 살다 고리대금업자의 첩이 된 오다마가 매일 같은 시간에 산책하는 도쿄대 의대생 오카다를 보고 연모의 감정을 느끼지만 이어지지는 못하는 이야기를 담고 있다.

시노바즈 연못은 물 한가운데에 떠 있는 섬 벤텐지마를 기준으로 북쪽의 가마우지 연못, 서쪽의 보트 연못, 남쪽의 연꽃 연못으로 나뉜다. 나쓰메 소세키와 모리 오가이를 따라가는 여행은 연못 서남쪽 언덕길에서 시작된다.

소설 속 산시로는 이 연못에서 미네코를 만나 사랑이라는 감정을 경험한다.

벤치에 앉아 주먹밥을 먹는 여학생 무리를 지나며
고풍스러운 캠퍼스를 걷는다.
그러다 빽빽하게 우거진 숲 사잇길로 걸어 내려가면
초록을 닮은 묘한 빛깔의 커다란 연못이 나타난다.
깊은 산속에나 있을 법한 풍경이라 여기가 정말로
학교 안이 맞는지 신비로운 기분이 드는데, 나쓰메
소세키의 〈산시로三四郎〉※에서 주인공 산시로가
즐겨 걷던 연못이라 해서 '산시로 연못'이라는 별명이
붙었다.

연못가에 앉아 '물멍'을 하다가 혼고 캠퍼스의
명물이라는 은행나무 길을 지나 도쿄대의 상징
아카몬赤門으로 간다. 〈기러기〉와 〈산시로〉의 시대에
도쿄대 학생들은 아카몬이라는 이름의 붉은 문을
통해 학교 안팎을 드나들었다.
아카몬은 200여 년 전 이곳에 살던 영주가 도쿠가와
가문의 딸을 아내로 맞는 것을 기념해 세운 문이다.
그런데 이 부지 위에 대학교가 생기면서 자연스레
캠퍼스 일부이자 도쿄대학의 상징이 되었는데,
이제는 사용되지 않지만 문화재로 지정되었기에 일본
문학작품 속 아카몬을 고스란히 눈에 담을 수 있다.

우에노에서 혼고까지, 나쓰메 소세키와 모리
오가이가 걸었던 길을 따라 가다 보면 역시 킷사텐의
흔적에 다다른다.
당시 도쿄대 아카몬 앞에는 밀크홀과 동시대에
존재했던 킷사텐 아오키도가 있었다. 도보 여행을
하는 동안 계속 떠올렸던 나쓰메 소세키와 모리
오가이 모두 아오키도를 사랑한 단골이었다.

※ 나쓰메 소세키가 1908년 아사히신문에 연재한 소설. 규슈에서 갓 상경해 도쿄대에 입학한 산시로가 도시에서 다양한 사람을 접하고 서툰 사랑을 경험하는 성장소설이다.

혼고 캠퍼스의 명물 은행나무 길은 도쿄 도심에서 가을 단풍을 만나기 좋은 장소로 손꼽힌다.

캠퍼스를 걷다 보면 도쿄대를 견학하는 다양한 나라의 학생들이 스쳐 지나간다.

점심을 먹으려고 하숙으로 돌아가려고 하는데, 어제 펀치화를 그리던 학생이 이보게 하며 다가와 혼고 거리에 있는 요도미켄이라는 곳으로 데려가 카레라이스를 사주었다. (…) 돌아오는 길에 아오키도도 알려 주었다. 역시 대학생들이 자주 가는 곳이라 한다.

— 나쓰메 소세키, 〈산시로〉(1908), 이와나미분코, 1990

소설 〈태풍〉에 나온 밀크홀이 실제로 있던 공간이었듯 〈산시로〉에서 주인공이 연못만큼이나 자주 드나들고 히로타 선생이 차를 마시며 담배를 피우던 아오키도도 실재하던 곳이다.

일본 문학에 새겨진 킷사텐 아오키도

비록 태평양전쟁 중 폭격을 받아 불타 버렸지만 아오키도는 굉장히 많은 작가의 수없이 많은 작품에 등장한 당대 최고의 살롱이었다. 사라진 밀크홀을 알고 나면 일본 식문화에 대한 이해가 조금 더 깊어지는 것처럼, 사라진 아오키도의 존재를 발견하고 나면 일본 근대문학 작가와 작품을 접할 때도 장면 하나하나가 생생하게 다가온다.
아오키도에 대해 쓴 작가를 찾는 것보다 아오키도에 대해 안 쓴 작가를 찾는 것이 더 빠르겠다 싶을 정도니 도대체 아오키도는 어떤 킷사텐이었을까.

아오키도는 1층은 여러 나라에서 온 외국인 교수를 위한 수입 식품 상점으로, 2층은 킷사텐으로 운영했다. 외국인 교수들은 먹고 싶은 고국 식품이 있으면 아오키도 주인에게 구해 달라 부탁했고, 주인은 넉넉히 들여온 물건을 차곡차곡 진열하다 보니 가게가 수입 식품점 비슷한 분위기가 되었다고 한다. 커피 원두와 외국 식품을 파는 일본 식료품점 칼디Kaldi의 원형이 아오키도였던 것이다.
여기서 식품을 구하던 손님 중에는 중국 유학생 저우수런도 있었다. 국비 장학생으로 일본에 건너와 센다이 의학전문학교에서 공부하던 저우수런은 우연히 세균학 교수가 보여 준 한 장의 사진을 접한다. 그 사진에는 러일전쟁에서 일본군이 러시아 간첩으로 의심받는 중국인을 처형하는 장면이 담겨 있었는데, 애통하게도 그곳에 있던 수많은 중국인은 동족이 처형되는 순간을 구경하기 위해 모여 있었다.
충격을 받은 저우수런은 사람의 몸을 치료하는 일보다 의식을 일깨우는 일이 더 중요하다는 것을 깨닫고 학교를 자퇴한다. 도쿄로 옮겨 온 저우수런은 메스 대신 펜을 잡고 글을 썼고, 그의 손끝에서 세계문학사에 길이 남을 〈아Q정전阿Q正传〉이 탄생한다. 저우수런은 우리가 아는 루쉰이며, 그가 도쿄에서 글을 쓰던 시절에 고기 통조림을 사고 밀크셰이크를 마시던 킷사텐이 아오키도였다.

오래된 킷사텐이 흥미로운 이유는 거장이라 불리는 문인의 소소한 취향과 일화를 기억하고 있다가 들려주기 때문이다. 루쉰이 밀크셰이크를 즐겨 마셨다면 나쓰메 소세키는 단 음식을 좋아했던 것으로도 유명한데, 아오키도에서는 버터 종류를 넣은 양과자보다 전통적인 화과자를 자주 찾았다고 한다.

혼고와 멀지 않은 센다기에 살던 모리 오가이는 마을 아이들에게 상냥한 사람이었다. 아오키도의 아들들을 말에 태워 아카몬 앞을 한 바퀴씩 돌곤 했고, 집에 돌아가는 길에는 딸을 위해 마카롱과 건포도 비스킷을 사 가는 일도 잊지 않았다.

홋카이도에서 유명한 롯카테이 마루세이 버터 과자도 아오키도에 대량 납품했다고 하니, 지금 먹어도 맛있는 마루세이 버터 과자를 그 시절 사람들은 얼마나 좋아했을까. 그래서 나는 어디선가 롯카테이 과자를 볼 때마다 아오키도를 떠올리게 된다.

혼고 도리라고 하는 이 길에는 제국대학교의 고풍스러운 아카몬이 있었다. 마치 은행나무 가로수가 끝없이 이어져, 신록의 때에 나뭇잎이 황색으로 물들 무렵에는 다른 모습을 보여 아름다웠다.

특히 옛날부터 있던 아오키도 2층에는 일종의 이국적인 정취가 물씬 풍겨 왔다. 구식인 지저분한 바닥. 그러나 커다란 탁자, 프레임이 달린 등신대 거울, 향기로운 코코아는 뭔가 요코하마 근처의 낡은 상점을 연상하게 했다.

— 고보리 안느, 〈회상回想〉, 도호쇼보東峰書房, 1942

아버지가 사 오던 간식에 대한 추억 때문인지 모리 오가이의 딸이자 수필가 고보리 안느의 글에도, 모리 오가이의 장녀이자 소설가 모리 마리의 글에도 아오키도가 자주 나온다.

나쓰메 소세키의 제자들도 아오키도에 부지런히 드나들었다. 소세키의 제자이자 〈나는 고양이로소이다吾輩は猫である〉 속 괴짜 물리학자 간게쓰의 모델이기도 한 데라다 도라히코는 문인 친구를 사귀는 데는 아오키도만 한 곳이 없다고 했다. 소세키의 문하생으로 매주 '목요회'에 참석하던 모리타 소헤이※도 아오키도에 자주 찾아왔고, 그의 소설 〈매연煤煙〉에 아오키도에서 위스키를 사는 장면을 담기도 했다.
희곡과 소설을 쓴 구보타 만타로와 〈라쇼몬羅生門〉의 작가로 유명한 아쿠타가와 류노스케◎는 아오키도에 대한 사소한 의견 차이를 보여 웃음을 자아낸다. 구보타 만타로는 아오키도가 도쿄에서 가장 맛있는 홍차 가게라고 주장했는데, 아쿠타가와 류노스케는 그게 아니라 커피가 가장 맛있다고 했다나. 어느 쪽이 더 맛있는지는 알 길이 없지만, 그냥 둘 다 맛있었던 것으로 결론을 내려 본다.

이처럼 아오키도는 수많은 작품과 문장에 아로새겨져 있다. 그중에서도 내 마음을 일렁이게 한 것은 2020년에 나온 비매품 책자다. 어느새 아흔이 훌쩍 넘은 아오키도의 손주며느리는 자신이 아오키도에 대해 알고 있는 모든 이야기를 활자로 옮기고, 작은 책자 형태로 인쇄해 일본 국립 국회도서관에 납본했다. 한 명이 읽든 열 명이

※ 森田草平(1881~1949) 모리타 소헤이는 일본의 대표 페미니스트 히라쓰카 라이초와 교제했다. 두 사람은 동반 자살을 결심했지만 사전에 발각되어 미수에 그친다. 나쓰메 소세키는 이 일을 소설로 써 보라고 권유했고, 모리타 소헤이는 〈매연〉을 연재하며 문단에 데뷔한다.

◎ 芥川龍之介(1892~1927) 〈라쇼몬〉, 〈코鼻〉 등 흡인력 있는 작품을 남긴 작가. 서른다섯에 스스로 목숨을 끊었다. 일본의 가장 권위 있는 문학상 중 하나인 아쿠타가와상은 그의 이름을 본떠 만든 것이다.

읽든 일단은 써서 남겨야 한다는 마음이 느껴지는 책자였다.
아무리 사소해 보이는 것일지라도 자신이 아는 것을 기록으로 남겨 놓으면 언젠가, 누구에겐가 도움이 된다는 사실을 알고 있었던 것일까. 국회도서관에서 열람 승인을 얻어 열어 본 책자에는 아오키도라는 공간에 대한 서사와 손님 한 사람 한 사람에 대한 회상이 선명하게 쓰여 있었다.
돈이 되는 것도 아니고 다른 누군가가 알아주지 않을지도 모르는 그 책자를 한 장 한 장 넘기며 할머니의 '쓰는 마음'을 느꼈다. 자신을 아끼는 사람들의 기록 속에서 아오키도는 영원히 살아 있는 것일지도 모른다.

1층은 원두와 외국 식품을 파는 상점, 2층은 킷사였다는 아오키도. 1901년 도쿄 풍경을 기록한 사진집 〈일본지명승日本之名勝〉에 아오키도 모습이 실려 있다.

시바료타로가 사랑한 화랑 킷사 루오

아오키도가 사라진 혼고 거리가 쓸쓸하지 않은 것은 지금 시대의 학생과 예술가에게 쉼이자 창조의 공간이 되는 킷사텐 루오가 있기 때문이다. 오늘날의 킷사텐이라 해도 역사는 짧지 않다. 1952년 개업해 70년을 훌쩍 넘긴 루오는 화가이자 미술 수집가 모리타 사토루가 연 화랑 킷사로, 프랑스 화가 조르주 루오의 이름을 따서 만들었다.
1979년에 사라질 뻔했지만 개업 때부터 아르바이트하던 직원이 가게를 잇겠다고 나섰고, 단골들이 자신이 소장한 그림을 기증하며 운영을 지속하는 데 힘을 보탰다. 지금은 옛 직원의 아들이 커피를 내리고 카레를 끓이며 학생과 예술가의 킷사텐을 지키고 있다. 우에노에서 혼고까지 이어지는 도보 여행을 마무리하기에 루오만큼 좋은 곳이 있을까. 진보초만큼은 아니지만 오래된 화랑이며 고서점이

나쓰메 소세키와 모리 오가이가 걷던
혼고 거리에는 오늘날의 학생과
예술가에게 사랑받는 킷사텐 루오가 있다.

주택가 사이에 드문드문 섞여 있는 혼고에는 언제
걸어도 기분 좋은 차분함이 있다. 그 길 위에서 커다란
창문 앞에 푸른 식물이 가득 놓인 루오를 보면 누구라도
잠시 멈추어 눈길을 줄 수밖에 없다.
밖에서 보는 루오도 정겹지만 안에서 보는 루오는
공간 자체가 휴식이자 평화다. 따뜻한 나무 색이
감도는 1층에서는 손님을 위해 커피를 내리고 카레를
끓이는 주방의 정성을 가까이에서 바라볼 수 있고,
큰 유리창 너머로 동네 풍경이 쏟아지는 2층은 한적한
휴양 마을로 휴가라도 온 것 같은 느낌을 준다. 도쿄대
앞에 난 키 큰 가로수길이 한눈에 내려다보이기
때문인데, 계절에 맞게 달라지는 풍경에 시선을 맞추는
일이 얼마나 근사한지 새삼 깨닫게 한다.

불순 킷사 도프가 SNS를 중심으로 사랑받는
20대의 킷사텐이고 가야바 커피의 유명세가
외국인 여행자에게도 널리 알려졌다면 루오는 아직
스포트라이트를 받지 않은 로컬 킷사텐이다. 여러
책이나 잡지에 '도쿄대 앞의 문화 킷사텐'으로 자주
소개되었지만 주요 관광지와 동떨어진 입지 때문인지
인플루언서나 여행자보다는 단골이나 학생들이 더 많이
찾는데, 루오가 좋은 건 바로 이 점 때문이다. 다른 어떤
곳보다 킷사텐다운 킷사텐이기에 꾸밈이나 과장이
없는 매력을 고요히 내뿜는다.
여느 킷사텐처럼 자리를 잡고 앉으면 물수건과
메뉴판을 주고, 마스터가 차분히 눈을 마주치며
주문을 받는다. 옆 테이블에서는 백발의 노교수가 젊은
시절부터 먹었다는 루오 특제 카레로 식사를 하고,
마스터는 오랜 손님에게 더 필요한 것은 없는지 가만히
살핀다. 루오라는 공간과 마스터는 분위기가 참 잘

루오 모닝 세트. 칼집을 내 구운
토스트에 버터가 깊이 스며들어
풍미 깊은 바삭함이 느껴진다.

루오의 대표 메뉴 실론풍
카레라이스. 단맛을 덜고 후추의
매콤함을 더해 기분 좋게
얼얼하다. 큼지막한 고기는 결을
따라 부드럽게 찢어진다.

벽에 걸린 그림, 책꽂이에 꽂힌 화집과 도록, 계단을 장식하는
전시 포스터가 화랑 킷사 루오의 정체성을 보여 준다.

어울린다.
킷사텐은 마스터와 손님의 마음이 맞아떨어져야
하는 곳이라고 한다. 허물없이 수다 떨기를 좋아하는
마스터에게는 수다쟁이 손님이 단골이 되고, 꼭
필요한 말 외에는 침묵을 지키는 마스터에게는 그런
묵직함을 장점으로 여기는 손님이 찾아든다는 것이다.
루오를 잇는 지금의 마스터는 사려 깊고 조심스러운
친절로 손님을 대해서 나는 루오에만 가면 마음이
편해진다.

이곳에서 커피를 기다리는 시간은 또 얼마나
안락한지. 루오가 소장한 그림과 작품집을 뒤적이는
것도 좋고, 의자에 뚫린 커피 잔 모양의 구멍을 보며
미소를 짓는 것도 좋다.
이 작고 사랑스러운 의자는 세상에서 단 한 곳,
루오만을 위해 만든 의자다. 인기 있는 역사소설
〈료마가 간다竜馬がゆく〉를 쓴 작가 시바 료타로
역시 이 작은 의자에 앉은 손님 중 하나였다.
지정석이었다는 2층 창가 자리에서 그는 무슨 생각을
했을까.
도쿄대 앞 가로수길 풍경, 아늑한 내부, 은은한
미소가 친절한 마스터, 화집이 가득 꽂힌 책꽂이,
그리고 '루오' 하면 떠오르는 귀여운 의자까지.
루오를 생각하면 킷사텐이라는 공간이 더 좋아진다.
먼 옛날부터 이 거리에서 킷사텐에 드나들었을
수많은 사람을 상상하며 오늘도 커피 잔을 감싸 쥔다.

진보초의 킷사텐
진보초 역
사보우루
밀롱가
누오바
라드리오
분포도
갤러리카페
세븐일레븐 칸다
진보초1쵸메점
セブン-イレブン
神田神保町1丁目店
Saugaku-dori
메이지 대학
明治大学
로손 칸다진보
초하쿠산거리점
ローソン 神田
神保町白山通り店
Meidai-dori St
302
사쿠라 거리
九段会館テラス
Chiyoda-dori
Goto-dori St
도쿄 법무국
東京法務局
칸다 스퀘어
KANDA SQUARE HALL
미니스톱 칸다
니시키쵸3쵸메점
ミニストップ 神田
錦町3丁目店
401
7-Eleven
3 조메
3丁目
一ツ橋IC
402
세븐일레븐
마루베니빌딩점
セブン-イレブン
丸紅ビル店
다케바시
竹橋
301
닛케이 홀
日経ホール
江戸城跡

패밀리마트 오차노
미즈소라시티점
ファミマ!! 御茶ノ水
ソラシティ店
中央線
405
아키하바
17
Chuo East Line
신오차노미즈 역
7-Eleven
セブン-イレブン
神田万世橋南店
편의점
훼미리마트
ファミリーマート 神田
須田町一丁目店
오가와마치
小川町
아와지초
淡路町
Chuo Line
2 조메
2丁目
403
패밀리마트 칸다타초점
ファミリーマート
神田多町店
3 조메
3丁目
2 조메
2丁目
살롱 크리스티
Kanda-Keisatsu-dori
405
1 조메
1丁目
간다 역
세븐일레븐 칸다
역니시구치도리점
セブン-イレブン
神田駅西口通り店
Uchikanda-Chuo-dori
3 조메
3丁目
Shusse-Fudo-dori
402
1 조메
1丁目
세븐일레븐 우치
칸다2쵸메점
セブン-イレブン
内神田2丁目店
Chuo Line
Akita Shinkansen
C1
4 조메
4丁目
Kandabashi
JCT
神田橋JCT
세븐일레븐 니혼바

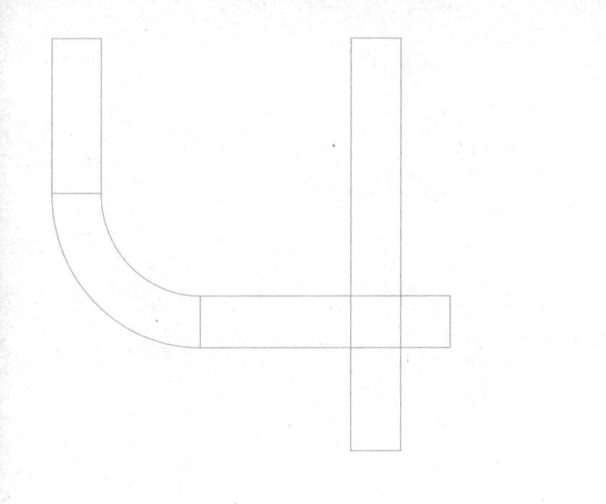

다자이 오사무 그림을 따라 고서점 거리의 킷사텐으로

라드리오ラドリオ

란보らんぼう

헌책방에서 발견된 보물

갓 스무 살이 된 해 친구 둘과 함께 난생처음 해외여행을 떠났다. 우리가 향한 곳은 상하이. 한국과 가장 가까운 도시에 가는 건데도 심장이 얼마나 쫄깃했는지 모른다. 보호자 없이 낯선 곳에 간다는 것도 큰일처럼 느껴졌지만 길을 잃고 헤매지는 않을지, 음식을 잘못 먹어서 배탈이 나지는 않을지, 아니 그 전에 말도 안 통하는데 음식을 주문하는 게 가능할지 등 걱정의 무게가 배낭보다 더 무거웠다. 지금 생각해 보면 길을 잃는 건 여행의 추억을 만들어 주는 재미있는 에피소드가 될 수 있고 간단한 의사소통은 손짓 발짓으로 어떻게든 되는 건데도 첫 여행 앞에서는 먹고 자고 숨쉬는 모든 일이 막막했다.

그중에서도 가장 희한한 걱정은 '혹시 내가 중국에서 엄청난 골동품을 손에 넣으면 어떻게 하지?' 하는 것이었다. 상하이 골동품 시장에서 나도 모르게 보물이라도 사면 어이쿠, 그것참 큰일이었다. 공항에서 진귀한 문화재를 밀반출했다고 오인당하면 어떻게 대처할지, 세관이 나의 결백을 믿어 줄지 걱정하느라 뜬눈으로 밤을 새웠다. 물론 그런 일은 일어나지 않았다.

20년 전 이야기지만 나는 여전히 낡고 오래된 물건이 늘어선 노포 앞에서 언제나 같은 상상을 한다. 이제 더 이상 소녀가 아니기 때문에 세관의 오해를 받을까 마음 졸이지는 않는다. 이곳에서 우연히 고른 접시나

촛대 혹은 책 같은 것이 아주 진귀한 물건으로 판명
날지도 모른다는 부푼 상상! '이 헌책방에서 산
이 책이 혹시?', '이 책을 자식의 자식의 자식의
자식에게 물려주다 보면 혹시?' 하는 망상에 입꼬리가
슬금슬금 올라간다.

하지만 이런 생각이 꼭 망상이기만 한 것은 아닌가
보다. 오래된 물건을 많이 접하고, 보물을 알아보는
눈이 있다면 말이다. 2022년, 한 고서점 주인이
다자이 오사무가 그린 수채화를 발견했다. 켜켜이
쌓인 헌책 더미 속에 일본 문학사에 오래 남을 그림이
섞여 있었던 것이다.
다자이 오사무는 문학작품 외에도 십수 점의 그림을
남겼지만 대부분이 유채화라서 수채화가 발견된
것은 이번이 처음이었다. 그런데 고서점 주인은
이 엄청난 대박 앞에서 의외의 선택을 했다. 다자이의
수채화를 소유하거나 판매하는 대신 자신이 나고
자란 아오모리현 근대문학관에 기증한 것이다.
다자이 오사무의 고향 역시 아오모리현인 까닭도
있는 듯했다. 책방지기의 고고함이 전해져 오는
소식이었다.
고서점 주인 손을 떠나 아오모리에 안착한 다자이
오사무의 수채화는 인물을 담고 있다. 그 인물은
도쿄의 책방 거리 진보초에서 '쇼우신샤昭森社'라는
출판사를 운영하던 모리야 히토시로, 출판사 방
한 칸을 개방해 란보라는 킷사텐을 만들었다.
작가와 편집자, 책 만드는 사람으로 가득한, 참으로
진보초다운 킷사텐이었다.
란보는 개업 기념 선물부터 예사롭지 않았다.
〈설국雪国〉으로 일본 최초로 노벨 문학상을 수상한

가와바타 야스나리, 다자이 오사무의 스승으로도 잘 알려진 이부세 마스지※, 쇼와 시대를 대표하는 여성 작가 하야시 후미코◎, 다자이 오사무 등 일본의 유명한 문인들의 글을 받아 〈란보쇼蘭梦抄〉라는 특별 소책자를 편집해 나누어 주었는데, 이런 개업 기념품을 진보초 킷사텐이 아니면 또 어디에서 만들 수 있었을까.

첫 손님은 구메 마사오와 다카미 준을 비롯한 가마쿠라 문고 작가들. 그 뒤를 이어 나오키상을 받은 작가 우메자키 하루오와 야마구치 히토미, 가토 슈이치 같은 지식인이 단골이 되고, 〈근대문학近代文学〉과 〈세대世代〉라는 잡지도 이곳을 편집실 삼아 출간되었다. 진보초 킷사텐은 책을 읽고 쓰고 만드는 이들이 마음 맞는 사람을 만나고 함께 작당 모의를 하는 공간이었다.

다자이 오사무가 어쩌다 란보 주인 그림을 그렸는지는 일본 도서신문図書新聞 1958년 기사에 나와 있다.

어느 날 킷사텐을 찾은 다자이가 "꽤 유행하고 있는 거 아니야? 내가 〈란보쇼〉에 글을 쓴 탓인가?" 하고 들어와서는 "자네 초상을 그려 줄게"라며 롤링 페이퍼 수첩에 그림을 남겼다는 것이다. 옛 신문 기사에는 '얼굴을 그린 건 좋지만 도무지 알 수 없는 그림이었다'라는 평가가 적혀 있는데, 도무지 알 수 없다던 그 그림의 도무지 알 수 없는 행방이 이번에 확인되면서 이제야 모두가 "아, 그 그림이 이 그림이구나!" 하고 깨닫게 되었다. 이 모든 것은 다자이가 사망하기 한두 해 전에 있었던 일이다.

※ 井伏鱒二(1898~1993) 히로시마 원폭을 다룬 작품 〈검은 비黒い雨〉가 대표작이다.

◎ 林芙美子(1903~1951) 자전소설 〈방랑기放浪記〉로 일약 유명해졌다. 하야시 후미코가 살던 신주쿠 집은 기념관으로 개조해 여행자에게도 개방된다.

다자이 오사무, 〈모리야
히토시 상森谷均像〉,
아오모리현근대문학관
青森県近代文学館 소장 및 제공.

란보가 출판인들에게 인기 있었던 이유 중 하나는
비밀 메뉴 때문이기도 했다. 일본이 전쟁에서 패한 후
가난에 허덕이던 국가는 '음식점 긴급 조치령'을
내렸다. 외식을 금지해야 식량을 조금이라도 더 아낄 수
있을 테니 식당은 문을 닫고 료칸과 킷사텐만 영업을
허락한다는 내용이었다. 스시집도 기약 없이 휴업해야
했는데, "손님들이 집에서 각자 배급받은 쌀을 갖고
오면 그걸로 스시를 만들어 주는 건 되잖아요? 식량을
더 많이 소비하는 게 아니니 허락해 주세요! 저희도
먹고살아야죠!" 하는 요구에 국가는 "응, 그럼 한 사람당
초밥 열 개까지만" 하는 조건을 걸었다. 그때부터
스시는 열 개가 1인분, 한 접시에 두 개씩 올리는 것이
표준이 됐다.
란보는 킷사텐이기에 긴급 조치령이 내려져도
당당하게 문을 열고 영업할 수 있었지만 한 가지
비밀 메뉴가 있었다. 그것은 바로 술. 밥 먹는 것까지
통제되는 마당에 술 판매가 통제되는 것은 당연했는데,
란보 주인은 능청스럽게도 찻주전자에 술을 넣어
출판인이 앉은 테이블 위에 슬쩍 올려 두었다. 긴급
조치령이 내려진 와중에 보기 드문 술이었다. 돈을
벌기 위해서는 아니었던 것 같다. 누군가 외상을 해도
어영부영 넘어가며 술값도 제대로 받지 않았다고 하니
말이다.

일본 최초의 비엔나커피와 라드리오

킷사텐에서 쓰고 그리고 만들던 사람들을 떠올리며
진보초로 간다. 술을 주지만 술값은 대충 받는 경영
탓에 란보는 일찍이 문을 닫고 말았지만, 70년 전
란보와 동시대에 태어난 킷사텐 라드리오가 란보보다
더 긴 사연을 품고 진보초를 지키고 있어서다.
고서점 거리로 알려진 진보초는 란보뿐만 아니라
좋은 킷사텐이 유난히 많은 지역이기도 하다.
흰 건반처럼 일렬로 늘어선 책방 사이사이에
킷사텐이 검은 건반처럼 콕콕 박혀 있다고 해야 할까?
아니면 건빵 봉지 속에서 건빵과 별사탕이 서로의
맛을 돋우며 공존하는 것 같다고 해야 할까. "공부나
일을 할 때는 스타벅스 같은 카페에 가게 되고, 책을
읽고 싶을 때는 이상하게 킷사텐에 가게 돼요"라는
이곳 사람들의 말처럼 킷사텐은 책을, 책은 킷사텐을
끌어당긴다.

진보초 역에 내리니 온 거리에 책이 넘실댄다. 여기에도 책 더미, 저기에도 책 더미. 층층이 쌓아 올린 책 탑을 보면 이곳이 책이 마지막으로 향하는 무덤인가 싶다가도, 고이 간직되어 새 주인을 기다리는 모습을 보면 책이 새로 태어나는 곳 같다는 느낌도 든다.
이 책방 저 책방을 한참 기웃거리다가 진보초 역 동쪽 쇼센 그란데 골목으로 들어가면 겨우 한두 사람 지나갈 법한 길이 나온다. 몇 걸음 걷다 보면 도쿄 역과 똑같은 빨간 벽돌 건물과 함께 '라드리오'라는 글씨가 적힌 간판이 보인다. 라드리오는 스페인어로 벽돌을 뜻하는데, 정말로 벽면부터 바닥까지 온통 벽돌이 감싸고 있다.
킷사텐이라고 하면 우리는 '레트로 감성'을 떠올리지만 레트로도 다 같은 레트로가 아니다. 2000년대 노래, 1990년대 노래, 7080 노래가 모두 다른 것처럼 킷사텐에도 각자의 시대가 있다. 라드리오는 레트로의 레트로다. 1970년대 1980년대에도 "어머, 여긴 굉장히 레트로하네!"라는 소리를 들었을 것이 분명한 킷사텐이다.

나지막한 나무 문을 열면 샹송이 들려오면서 킷사텐에서 책 만드는 사람들의 세계가 제 모습을 고스란히 드러낸다. 시간의 문 반대편으로 통하면서 현실과도 이어져 있는 이 세계에는 오늘의 라드리오와 70년 전 라드리오가 동시에 숨 쉰다. 고서점 주인인 시마자키 하치로가 손님과 손님이 교류할 수 있는 살롱을 만들고 싶어서 열었다는 이곳은 진보초를 대표하는 킷사텐이라 해도 손색없다.
백설공주가 난쟁이들의 집에 초대받았을 때 느낀 기분이 이런 것일까? 낮은 천장과 노란 전등은 아늑한

숨은 골목길에 작은
나무 간판을 세우고 손님을
기다리는 라드리오.

라드리오를 밝히는 온기는
스테인드글라스에서 새어
나온다.

분위기를 풍기고, 테이블도 의자도 이 공간에 꼭
맞게끔 자그마하다. 하지만 벽과 벽 사이에 채워진
책의 수는 적지 않아서, 킷사텐 전체가 “여기에
머무는 동안 책 한 권 읽어 보면 어때요?” 하고
말을 붙이는 것 같다. 책으로 가득한 벽면은 공간을
적절히 나누는 역할도 한다. 활짝 열려 개방감을
주는 자리도, 누가 있는지 없는지 눈치채지 못할
만큼 개인 공간이 보장된 구석 자리도 있다.
킷사텐 곳곳에 자리 잡은 단골 예술가의 작품은
새로운 손님에게 묵묵히 인사를 건넨다. 옛 손님과
새 손님이 작품으로 교감하는 듯한 기분이다.
특히 조각가 혼고 신※은 라드리오와 인연이 깊다.
이곳에서 일하던 여급을 모델로 만든 동상이며
커피 잔에 그려진 로고까지 모두 그의 손끝에서
태어났다. 혼고 신의 고향인 삿포로를 여행하다 그의
또 다른 작품을 만나면 “어! 라드리오의 그 조각가!”
하며 반가워할 수 있을 것 같다.

※ 本郷新(1905~1980) 일본 구상 조각계를 이끈 조각가로 예술의 사회성과 공공성을 중요하게 생각했다. 삿포로에 혼고 신의 조각미술관이 있고, 삿포로 역과 오도리 공원에서도 그의 작품을 접할 수 있다.

나는 우유를 탄 홍차나 호지차를 가장 좋아하지만
라드리오에서만큼은 꼭 커피를 마신다. 라드리오를
상징하는 메뉴가 비엔나커피이기 때문이다.
70년 전 단골이었던 도쿄대 교수가 “오스트리아
빈에 갔을 때 마신 커피에는 크림이 있더란 말이지.
여기서도 그 커피를 한번 내 보면 어떨까?” 하고 제안한
것을 수용해 라드리오는 일본에서 가장 처음으로
비엔나커피를 판 가게가 되었다.
지금은 크림을 올린 커피가 흔하디흔하지만 당시에는
윗입술로는 차가운 크림을, 아랫입술로는 따뜻한
커피를 맛볼 수 있는 비엔나커피가 무척 특별한
메뉴였던 것 같다. 그런데 라드리오 비엔나커피를 가장

좋아한 손님은 의외로 학생운동가였다. 회의할 만한 공간을 찾아 들어온 학생들은 비엔나커피 한 잔을 시키고 오랫동안 열을 올리며 대화를 나눴는데, 이때 생크림이 커피를 뚜껑처럼 덮고 있어서 커피가 쉽게 식지 않았다나. 학생운동가라고 하면 탁주를 먼저 떠올리던 나에게는 신선한 에피소드다. 그러고 보면 한국 학생운동가의 살롱이었던 혜화 학림다방도 비엔나커피가 유명하니, 학생운동가는 탁주를 마실 것 같다는 이미지는 대체 어디에서 얻은 건지 모르겠다.

조용히 다가온 점원은 테이블 위에 비엔나커피를 올려놓고 총총 사라지고, 내 앞에는 소서까지 갖춘 작은 커피 잔이 놓였다. 카페에서 마시는 커피는 기다란 텀블러나 머그잔과 잘 어울리지만 킷사텐에서 마시는 커피는 손바닥에 들어올 만큼 작은 커피 잔과 잘 어울린다.
소복이 쌓인 크림은 꼭 소프트아이스크림처럼 흔들림 없는 모양을 하고 있는데, 잔을 들어 맛보면 휘핑크림보다는 단단하지만 아이스크림보다는 부드러운 맛이 느껴진다. 형태가 확실하게 잡혀 있으면서도 입안이 미끈거리지 않고, 커피에 풀리지 않고 동동 떠 있으면서도 커피와 함께 입안에 머금으면 거품처럼 녹는다. 맛있는 커피가 워낙 많아 커피에 대한 기준이 높아진 요즘 사람들이 마셔도 '비엔나커피가 원래 이렇게 괜찮은 거였나?' 하는 생각이 들 만큼 맛있다.
일본 킷사텐 대부분은 원두를 많이 볶은 강배전 커피를 기본으로 하기에 킷사텐 커피는 쓰고 진하다는 인상이 있다. 그런 커피를 좋아하지 않는

失われた声を求めて
抱きしめられたい。
スキャンダル
ひとり暮らしな日々。
純喫茶の空間
たかぎなおこ
なぎら健壱
バチ当たりの昼間酒
蹴りたい背中
ラリルレ論
野田洋次
知りたいのは、そのことではないのだ
武田百合子

창조와 향유가 한자리에서
일어나는 킷사텐 라드리오.
이곳에서 만든 책을 읽으며
일본식 비엔나커피를 음미하는
경험은 특별하다.

1948년 처음 문을 열었을 때와
같은 모습을 간직하고 있다.
벽에 걸린 그림이며 조각은
밀린 커피값을 작품으로
치르는 예술가 손님이 많았기
때문이라고.

손님은 킷사텐에서 커피가 아닌 다른 음료를 마시거나 식사를 하는 경우가 많은데, 라드리오 비엔나커피는 킷사텐 커피를 선호하지 않는 사람도 술술 넘길 수 있을 것 같다.

문화 살롱、 킷사텐의 매력

두 손으로 커피 잔을 감싸고 주변을 둘러보니 어르신보다는 20대에서 40대까지 젊은 손님이 더 많이 보인다. 오자마자 책꽂이에서 책부터 골라 앉는 단골 같은 손님이 있는가 하면 레트로 킷사텐 순회가 취미인 듯한 학생 무리도 보인다. 혼자 온 청년은 나폴리탄 스파게티를 주문하고서는 가방에서 주섬주섬 만화책을 꺼내 본다. 각자의 방법으로 오늘의 라드리오를 만끽하는 사람들을 보니 문득 내가 앉은 이 자리는 얼마나 많은 사람이 무엇을 하며 거쳐 갔을지 궁금해진다.
뭐니 뭐니 해도 라드리오의 손님들은 출판인이었을 것이다. 추리소설 작가 오사카 고는 라드리오에서 나오키상 발표를 기다렸고 〈카디스의 붉은 별 カディスの赤い星〉이라는 작품으로 수상자가 되었다. 시인 구사노 신페이는 지쿠마쇼보 출판사의 창립자 후루다 아리카를 라드리오에서 처음으로 만났는데,

이야기가 잘되지 않았는지 고함까지 지르며 싸우다 자리를 박차고 나왔다고 기록한다. 어찌 된 영문인지 몰라도 다음 날 눈을 떠 보니 란보에 있었다나? 아마도 란보의 비밀 메뉴를 마신 게 아닌가 싶다. 1956년부터 지금까지 매월 간행되는 예술 종합잡지 〈유레카ユリイカ〉를 창간한 다테 도쿠오는 이런 글을 남겼다.

> 나는 라드리오 의자에 매일 세 시간 정도는 앉아 있다. 내 맞은편에 있는 사람은 매일 다르다. 내 사무실도 이 노지에 있지만 워낙 좁아서 응접실로 라드리오를 이용하지 않을 수 없다. 출판이라는 것은 사람과 응접하는 것이 가장 큰 일일 것이다. 커피를 홀짝이고, 담배를 피우고, 화장실에 가거나 하면서 나는 상대의 이야기를 듣는다. 상대방은 거의 젊은 시인들이다.
>
> — 다테 도쿠오, 〈시인들 -유레카초-詩人たち -ユリイカ抄-〉, 일본에디터스쿨출판부日本エディタースクール出版部, 1974

라드리오를 이루고 있는 것은 벽면과 바닥을 빼곡히 메운 벽돌만이 아니었다. 라드리오라는 공간에는 책 만드는 사람들의 어떤 하루하루가, 평범한 순간과 특별한 순간 모두가 스며 있었다.

라드리오가 있는 작은 골목을 빠져나와 다시 책방 거리로 나선다. 뒤를 돌아보니 라드리오 앞에 사람들이 줄을 지어 입장을 기다리고 있다. 라드리오를 방문하는 사람들은 모두 진보초를 찾는 사람. 킷사텐과 이 거리가 꼭 한 몸처럼 느껴진다. 책이 탄생하고 독자와 만나는 진보초에서 이곳

정체성에 꼭 맞는 라드리오가 생겨난 것처럼, 킷사텐은 자신이 서 있는 거리의 고유함을 투명하게 담아내는 존재라는 생각이 스친다.

오전에 찾는 손님에게 토스트나 달걀을 덤으로 얹어 주는 킷사텐 모닝 문화도 그렇다. 이제는 도쿄를 비롯한 다른 도시로 퍼져 나간 '모닝'은 제조업으로 성장한 나고야의 특색을 담고 있다.

나고야와 이어진 이치노미야시는 대구처럼 방직공장이 많은 도시로, 공장에서 기계 돌아가는 소리가 하도 커서 서로의 말소리가 들리지 않을 정도였다. 그래서 공장 사람들은 중요한 이야기를 나눌 때마다 가까운 킷사텐을 찾았다. 킷사텐에서는 이른 아침부터 회의하는 단골손님을 위해 땅콩이나 빵을 덤으로 주었고, 그 서비스는 이치노미야에서 직물을 받아 옷과 이불을 짓고 전국으로 판매하는 나고야 조자마치로 전해지면서 산업도시의 문화가 된다. 나고야 킷사텐 마쓰바는 여기에 앙버터를 곁들이면서 '나고야 모닝은 단팥 토스트'라는 공식을 만들어 낸다.

그런가 하면 예로부터 상인의 도시라고 불리는 오사카 킷사텐에는 도쿄 킷사텐에서는 흔치 않은 '믹스 주스'라는 메뉴가 있다. 도쿄 라드리오와 같은 해에 문을 연 오사카 센나리야 커피千成屋珈琲 주인은 신선함을 잃어 가거나 자투리만 남은 과일을 보며 "이걸 활용할 방법이 없을까?" 하고 고민한다. 결국 몇몇 과일에 귤과 복숭아 통조림, 설탕과 우유를 섞은 주스를 고안해 인기를 끌면서 믹스 주스는 오사카 킷사텐을 상징하는 메뉴가 된다. 이를 두고 오사카 킷사텐에는 재료를 낭비 없이 끝까지 사용하는 시말의 정신이 담겨 있다고들 하니, 영리한 상인이 많은 오사카의 특색이 킷사텐 주스

한 잔에 담겨 있는 셈이다.

이처럼 킷사텐을 만나는 것은 그 킷사텐이 자리 잡은 곳의 고유한 정체성을 만나는 일이자 여러 지역의 다양성을 만나는 일이다. 누군가 "킷사텐 여행이 왜 좋아요?"라고 묻는다면, 나는 아마 "킷사텐은 비슷해 보이지만 다 달라서요. 일본 라멘이 비슷해 보여도 알고 보면 도시마다 특징이 다른 것처럼요"라고 답할 것 같다.
일본의 47개 도도부현마다 얼마나 많은 킷사텐이 저마다의 지역색을 품고 있는가. 전국 어디를 가도 똑같은 맛을 보장하는 도토루 커피가 편할 때도 있지만, 한자리에서 몇십 년간 뿌리를 내리고 그곳의 양분을 흡수한 킷사텐의 매력이 너무나도 강렬해서 나도 모르게 발걸음이 킷사텐 쪽으로 이끌리고 만다.
진보초에서 가장 진보초다운 공간인 라드리오를 나오며 생각한다. 도쿄 킷사텐은 믹스 주스나 앙버터 토스트 같은 특정한 음식으로는 표현하기 어렵지만, 도쿄의 오래된 킷사텐을 가장 잘 드러내는 키워드는 '문화 살롱'이 분명하다고. 다자이 오사무의 그림을 따라 고서점 거리의 킷사텐을 찾은 것처럼, 책과 문학을, 악기와 음악을, 그림과 만화를 사랑하는 사람들이 도쿄 킷사텐 구석구석에 새긴 흔적을 찾아 다시 발걸음을 옮긴다.

밀롱가 누오바
ミロンガ・ヌオーバ

붉은 벽돌집에 달린 나무문을
열면 코로는 커피 향기가,
귀로는 탱고 음악이 들려온다.
라드리오가 샹송 킷사라면
밀롱가 누오바는 아르헨티나
음악을 들려주는 탱고 킷사다.
골목이 잘 보이는 창가에 앉아
진보초를 오가는 사람들을
바라보며 탱고와 커피를 동시에
누리고 있으면 진보초에서
보내는 시간이 황홀한 호사처럼
느껴진다.
란보 뒤를 이어 생겨난 밀롱가는
원래 라드리오 바로 맞은편에서
얼굴을 마주 보고 있었지만
2023년 지금의 자리로 거처를
옮기며 옛것과 새것이 공존하는
'밀롱가 누오바'로 다시 태어났다.
입구가 난 방향은 다르지만
라드리오와 한 건물에 속해 있기
때문에 붉은 벽돌도 공유했는데,
벽돌을 고스란히 노출시킨 벽
사이사이에는 과거의 밀롱가를
기록한 조형물과 흑백사진이
멋스럽게 걸렸다. 벽을 따라
ㄱ 자로 붙은 카운터 테이블은
옛 밀롱가에서부터 쓰던 것.

그 위에는 여러 킷사텐의 상호와
로고가 그려진 성냥 상자가
일렬로 행진하듯 늘어서 있어
담배도 킷사텐의 일부였음을
떠올리게 한다.
밤에는 세계 맥주를 갖춘
바로 변신하는 곳이 밀롱가
누오바지만 커피에 들이는
정성도 깊다. 커피콩은 모두
숯불로 볶고, 주문이 들어왔을 때
바로 갈아서 핸드드립으로
내리는 것이 원칙이라고.
밀롱가 누오바는 오랜 역사를
품고 있으면서도 새 가게다운
쾌적함이 있어 킷사텐에
익숙하지 않은 손님도 산뜻한
마음으로 대할 수 있는
공간이다. 누군가와 함께 떠난
도쿄 여행에서 킷사텐을 처음
경험하는 동행에게 "킷사텐은
이렇게 좋은 곳이야!" 하고
소개하고 싶을 때 가기 좋다.

진보초 역 A7 출구에서 도보 2분

목요일~화요일 11:30~22:30,
(토·일요일은 19:00까지),
수요일 휴무

전석 금연

메뉴판 첫 페이지에 손님에게
보내는 부탁이 적혀 있다. 밀롱가
누오바는 탱고를 듣는 공간이기
때문에 대화는 큰 소리가 아닌 낮은
소리로 하고, 영상 촬영이나 플래시
촬영, 직원이나 손님 얼굴이 들어가는
사진 촬영은 자제해 달라는 내용.

사보우루
さぼうる

진보초 골목을 탐험하다
거대한 토템이 서 있는 독특한
가게를 발견했다면 그곳이
바로 사보우루다. 노벨 문학상
후보에도 오른 일본 작가 엔도
슈사쿠의 단골 킷사텐이었던
사보우루는 일흔 살 동갑내기인
라드리오, 밀롱가 누오바와
나란히 진보초를 상징하는
킷사텐으로 손꼽힌다. 차를 파는
본점과 식사를 중심으로 한
2호점 '사보우루 투'가 붙어 있다.
내부는 산장 같기도 동굴
같기도 하다. 벽을 빼곡하게
채운 낙서는 옛 대학가 앞
주점을 연상시키는데, 다른
어떤 킷사텐도 흉내 낼 수 없는
사보우루만의 분위기가 있다.
사보우루는 음식 양이
넉넉하기로도 유명하다. 선대
마스터가 남긴 말이 인상적이다.
"진보초는 학생들이 많이 찾는
거리이고 모두가 꿈을 갖고
이곳에 오는데, 돈 없이 킷사텐에
오는 사람도 있으니까."
선대 마스터는 킷사텐을
자식처럼 돌보다 몇 년 전

돌아가시고, 대학생 때 사보우루 나폴리탄 맛에 감동해 직원이 된 남편과 아르바이트생이었던 아내가 후계자가 되어 가게를 잇고 있다.
사보우루 본점에서 유명한 음료는 커피가 아닌 딸기 주스와 7색 크림소다. 사보우루 투의 식사 메뉴 중에서는 나폴리탄이 가장 인기다.

진보초 역 A7 출구에서 도보 1분

월요일~토요일 11:00~19:30, 일요일 휴무, 공휴일 부정기 휴무

전석 금연

살롱 크리스티
サロンクリスティ

호텔 라운지가 떠오를 정도로 모던하고 세련된 살롱 크리스티는 책 만드는 사람들의 킷사텐을 이야기할 때 빼놓을 수 없는 존재다. 출판사 1층에 둥지를 튼 이 공간은 지금의 출판인과 작가에게 란보 같은 역할을 한다.
1945년에 문을 연 출판사 하야카와쇼보早川書房는 SF 소설과 미스터리 소설을 펴내는 곳으로 잘 알려져 있다. 천선란 작가의 〈천 개의 파랑〉, 김초엽 작가의 〈지구 끝의 온실〉, 〈우리가 빛의 속도로 갈 수 없다면〉 일본어판이 이곳에서 출간되었다.
하야카와쇼보가 30년 전부터 운영하던 킷사텐이 2023년 리모델링을 거쳐 진화한 공간이 살롱 크리스티다. 낮에는 '킷사실 크리스티'로, 밤에는 '펍 크리스티'로 운영된다.
크리스티라는 이름은 영국 추리소설 작가 애거사 크리스티에서 따왔다.
겉모습은 우리가 생각하는 노포

킷사텐과 다르지만 이곳에 담긴 정신만큼은 진보초 킷사텐의 원형 그대로다.
살롱 크리스티는 지역 주민과 독자, 작가와 번역자, 출판사 관계자가 책을 매개로 교류하고, 음료를 마시는 공간에서 책을 만들어 온 문화를 잇기 위해 만들어졌다고 한다.
커피는 물론이고 베이커리와 식사 메뉴까지 골고루 갖추어 아침, 점심, 저녁 언제 가도 훌륭하다. 드라마 〈중쇄를 찍자重版出来〉 주인공이 있을 것만 같은, 이 시대 출판인들의 킷사텐이다.

간다 역에서 도보 3분, 아와지초 역에서 도보 6분

월요일~금요일 11:00~21:00, 토·일요일 휴무

전석 금연

분포도 갤러리 카페
文房堂GalleryCafe

도쿄 곳곳에서 문구 및 화방 노포를 심심찮게 볼 수 있다. 신주쿠에는 세카이도世界堂가, 긴자에는 이토야伊東屋가 있다면 진보초에서는 1887년 개업해 일본에서 가장 처음으로 전문가용 유화 도구를 만든 분포도文房堂가 유명하다.
분포도는 '문방당'이라는 이름에 걸맞게 그림 도구뿐만 아니라 원고지도 제작했다. 드물게도 500자 원고지가 있어서 작가들에게 큰 인기를 얻었는데, 나오키 산주고, 아리시마 다케오, 가지 모토지로 등 수많은 문인이 분포도 원고지에 글을 썼다. 지금 그 원고지는 분포도 오리지널 굿즈로 제작해 1층에서 판매하고 있다.
100년 된 건축물의 멋스러움이 풍겨 오는 분포도 3층에는 차 한 잔 값으로 전시를 보며 쉬어 갈 수 있는 갤러리 카페가 있다. 개성이 뚜렷한 마스터 대신 잘 교육받은 점원이 말끔한 복장으로 접객하고, 은은한 조명 대신 밝은 채광이 있어 백화점에 입점한 킷사텐을 떠올리게 한다. 젊은 사람보다 어르신이 많아 한 템포 더 천천히 쉬어 갈 수 있는 킷사텐.
분포도에서 눈여겨볼 것은 진보초 킷사텐 코스터를 한데 모은 액자다. 각각의 킷사텐을 상징하는 로고를 선명하게 새긴 코스터를 보면 찻집 하나하나를 가벼이 여기지 않고 도시의 소중한 일부로 대하는 진보초 사람들의 마음이 전해져 오는 것 같다.

- 진보초 역에서 도보 4분
- 매일 11:00~18:30
- 전석 금연

유라쿠초
有楽町
1조메
1丁目
유라쿠초 역
히비야
日比谷
Konica Minolta
Planetaria Tokyo
● 베니시카
천문대
히비야 공원
日比谷公園
Imperial Hotel Tokyo
帝国ホテル東京
최고 평점
1조메
1丁目
● 긴자 웨스트 본점
Natural Lawson
ナチュラルローソン
銀座並木通店
편의점
와이초
内幸町
7조메
7丁目
나미키 거리
Kenban-dori St
훼미리마트
ファミリーマート
Dobashi
土橋
파울리스타 ●
● 카페 드
람브르
Akarenga St
신바시 역

후지야 스키야바시점
긴자 역
프랑스야
트리콜로르
히가시긴자 역
쓰키지 소극장 터
쓰키지 역
Nishi-Ginza JCT
西銀座JCT
다카라초
宝町
도쿄 고속도로
Shinkyobashi
新京橋
Ginza-itchome Sta.
銀座一丁目
Kyobashi JCT
京橋JCT
Kyobashi
京橋
이토야 문구 긴자점
銀座・伊東屋
ART AQUARIUM
アートアクアリウム
美術館 GINZA
팡 메종 긴자점
塩パン屋 pain maison 銀座店
신토미
4 조메
4丁目
中京430号
TSUKI Tokyo
TSUKI 東京
최고 평점
2 조메
2丁目
헤이세이 거리
銀座
세븐일레븐 긴자 7초메히가시점
セブンイレブン
銀座7丁目東店
쓰키지 혼간지
築地本願寺
8 조메

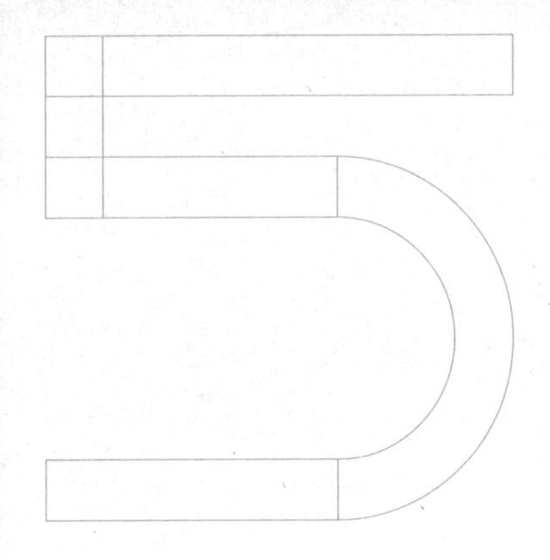

페코짱이 말해 주지 않는 후지야의 과거

후지야不二家

일본인도 잘 모르는 후지야의 과거

대도시를 걸을 때면 대로변 풍경이 어딜 가나 닮았다고 느낄 때가 있다. 네모반듯한 바둑판처럼 짜인 도로와 몇 년 사이 더 많이 늘어난 타워 맨션과 다국적 브랜드로 채운 백화점을 눈에 담으며 걷노라면 여기가 도쿄인지 오사카인지 나고야인지 살짝 가물가물해진다. 다른 나라도 그렇겠지만 일본의 진짜 매력은 작은 골목에 있는 법. 모퉁이를 따라 골목길로 접어들면 그 도시, 그 동네만의 공간이 비로소 얼굴을 내민다. 오직 자신만의 이름과 자신만의 사연을 지닌 채로. 킷사텐도 그런 공간이다. 킷사텐에 들어가는 것은 주인의 취향에 따라 꾸민 세상에 단 하나뿐인 장소에 초대받는 것과 같다. 서로 조금씩 다른 모습을 하고 있는 게 킷사텐의 매력이지만 공통점도 있다. 너무 밝지 않은 조명과 푹신한 소파가 놓인 이곳은 “빨리, 더 빨리” 하는 구령에 따라 움직이는 도시에서 홀로 “천천히, 더 천천히” 하고 말하는 것 같다는 것이다.
오랜 단골은 익숙한 의자에 기대 느린 박자로 흐르는 시간을 보내고, 책장 넘기는 소리와 낮게 대화하는 목소리가 떠다니는 공기 속에서 나도 내 박자와 속도를 찾아간다. 나에게 모든 도시는 킷사텐이라는 공간으로 기억된다. 각각의 킷사텐과 그곳에서 본 사람들을 떠올릴 때 그 도시만의 공기를 다시 느낀다.

그런데 킷사텐이 오늘날의 모습을 갖추는 데 엄청난 영향을 주고, 정작 자신은 시치미를 뚝 뗀 채 큰 대로변에서 방긋방긋 웃고 있는 가게가 있다. 천연덕스러운 표정으로 혀를 쏙 내민 '페코짱' 캐릭터로 유명한 후지야 과자점이 그 주인공이다. 킷사텐이 주인공인 책에서 웬 후지야일까? 킷사텐 중에는 시간의 배를 타고 세월을 항해하는 동안 풍랑을 만나 흔적 없이 가라앉아 버린 곳이 있는가 하면, 항해가 순조로운 나머지 배가 자꾸자꾸 늘어나 몇십 척이 되어 버린 곳도 있다. 비록 옛 모습과는 다르지만 사라지지는 않았다는 사실만으로도 다행이라는 생각이 드는데, 후지야가 바로 그런 경우다.
지금 도쿄에서 가장 핫한 킷사텐이 어디인지 알려 주는 일은 구글 지도도 할 수 있다. 그러나 오랜 킷사텐에 숨은 흥미로운 이야기는 전자화되지 않은 누런 헌책 더미 속에서 요즘 사람은 쓰지 않는 고어 안에 숨어 있다. 일본 사람들조차 알지 못하는 후지야의 킷사텐 시절을 찾아 긴자로 간다.

모던 걸과 모던 보이의 킷사텐

과자와 케이크를 파는 체인점인 후지야는 원래 양과자를 파는 킷사텐이었다. 진짜 고향은 긴자가 아닌 요코하마. 1910년 외국 무역선이 드나드는 요코하마 모토마치에 문을 열고 모카와 콜롬비아 원두를 절반씩 블렌드한 커피를 내리거나 립톤 홍차를 끓였다. 그러다 1923년 도쿄 긴자에 진출해 더 큰 가게를 열었고, 그 큰 가게는 점점 더 커져서 이제는 일본 전역에서 후지야가 없는 곳을 찾기 어려울 정도다.
보통은 작은 쇼케이스에 케이크를 진열한 포장 전문점이 많지만 지금도 커피를 마시거나 음식을 먹을 수 있는 몇몇 점포가 있다. 긴자 스키야바시 공원 근처에 있는 스키야바시점도 그런 공간이다.

도쿄 사람이 반, 외국 여행자가 반인 긴자에서 인파를 헤치고 페코짱을 찾아간다. 건물 하나하나가 잘 다린 옷을 차려입은 듯 말쑥한 긴자에서 페코짱을 발견하니 그래도 익숙한 얼굴이라고 은근히 반갑다. 스키야바시 후지야는 킷사텐 특유의 정취는 느껴지지 않지만 주방은 여전히 킷사텐이었던 시절과 같다. 크림소다 같은 음료도, 파르페나 푸딩 같은 디저트도, 나폴리탄 스파게티나 함바그 같은 음식도 모두 킷사텐을 상징하는 메뉴이니 말이다.

그중에서도 나는 고민 없이 푸딩 아라모드를 고른다. 굽 높은 타원형 유리그릇에 푸딩과 과일, 아이스크림을 올린 킷사텐 디저트의 끝판왕이기 때문이다. "달콤한 게 먹고 싶으신가 봐요?" 하고 앞치마를 두른 중년 아주머니가 적당히 상냥한 말투로 주문을 받고서는 사라진다.

후지야가 처음 긴자에 진출한 시절 킷사텐에서 일하는 여성은 '여급', 남성은 '보이'라고 불렀다. 여급과 보이는 모던 걸이자 모던 보이 같은 존재였다. 킷사텐 일을 동경해 도쿄로 상경한 청년도 있었는데, 여급과 보이가 지금으로 치면 승무원이나 호텔리어 같은 직업이었다고 한다. 당시 문학에는 킷사텐 여급이 소설 주인공으로 등장하는가 하면 킷사텐을 즐겨 찾던 예술가가 여급을 짝사랑하거나 여급과 결혼하는 일도 많았다.

긴자 후지야에는 미요시라는 보이가 있었다. 미요시는 문학을 좋아해서 작가 손님을 굉장히 각별하게 대했다고 한다. 얼마나 잘해 줬는지, 그가 후지야를 그만두자 작가도 우르르 후지야를 떠나 인근 킷사텐 코롬방コロンバン으로 아지트를 옮겨 버렸다.
미요시를 떠올리면 지금 후지야의 직원과 손님 모습은 담백하면서도 건조하게 느껴진다. 직원은 손님이 무슨 일을 하는 어떤 사람인지 알 이유가 없고, 손님도 직원이 누구이며 무엇에서 삶의 기쁨을 느끼는지 알 수 없다.
어쩌면 나에게 푸딩 아라모드를 가져다준 직원도 미요시 못지않게 문학을 좋아하는 사람일지도, 혹은 다른 무언가를 좋아하는 사람일지도 모른다. 얼굴을 마주하고는 있지만 서로가 서로를 알지 못하는 거리에 머물며 과거의 후지야를 떠올려 본다.

신인이던 때
청년이고
노벨 문학상 거장이

그렇다면 미요시가 그렇게 친절하게 대했다는 작가는
누구였을까?
후지야를 일본 문학사에 등장시킨 작가는 1899년
오사카에서 태어났다. 그런데 이게 무슨 일일까.
첫돌을 넘겼을 때 아버지가 결핵으로 돌아가시고
두 살 때는 어머니도 같은 병으로 세상을 떠난다.
그 후로 조부모가 아이를 거두었지만 할머니는
7세 때, 할아버지는 15세 때 돌아가시고 만다.
많은 가족을 떠나보내며 성장한 아이는 도쿄대
영문과에 입학한 이듬해 〈초혼제일경招魂祭一景〉이라는
작품을 발표하면서 청년 작가로 우뚝 선다. 그의
이름은 훗날 〈설국〉으로 노벨 문학상을 수상한
가와바타 야스나리다.
성장기에 부모와 조부모 모두를 잃은 가와바타
야스나리는 문단에서 기쿠치 간을 만난다. 우리가
많이 들어 본 아쿠타가와상과 나오키상을 만든
주인공이 바로 기쿠치 간인데, 그는 자신의 글을
써서 발표하기도 했지만 그보다는 새로운 작가를
발굴하고 알리는 데 더 큰 재능이 있었던 것 같다.

〈초혼제일경〉을 극찬한 기쿠치 간의 평론이 문단에 퍼져 나가며 젊은 가와바타에게 원고 청탁이 날아들었다고 하니 말이다.
그런 기쿠치 간은 절친한 벗이었던 소설가 아쿠타가와 류노스케, 나오키 산주고와 함께 좁은 문단 세계를 넘어 누구나 자기 이야기를 쓸 수 있고, 무명작가가 데뷔하는 발판이 될 수 있는 통로를 만들기로 의기투합한다. 지금까지도 건재한 출판사이자 동명의 문예 잡지인 〈문예춘추文藝春秋〉가 탄생한 순간이었다.

기쿠치 간은 갓 스물을 넘긴 가와바타 야스나리와 함께 또 다른 신예 소설가 요코미쓰 리이치※를 〈문예춘추〉 동인으로 발탁하며 문단에 정착하게 한다. 유튜브도 넷플릭스도 없던 시절엔 문예 잡지가 최고의 문화 예술 플랫폼이었던 것일까? 〈문예춘추〉가 성공하며 기쿠치 간은 굉장한 부를 거머쥔 자산가가 되었다. 그는 동료 작가에 대한 경제적 지원도 아끼지 않았다고 하는데, 가와바타 야스나리도 기쿠치 간에게 재정적 도움을 받았다.
여기에서 이야기가 끝난다면 이 글은 후지야가 등장도 하기 전에 훈훈한 미담으로 마무리될 것이다. "문인들이 서로를 밀어주고 끌어 주며 함께 성장했습니다" 하는 결말처럼 보이니 말이다. 그러나 〈문예춘추〉 창간 반년 후 관동대지진이 일어나며 이야기는 누구도 예상치 못한 방향으로 나아간다.

문단도 자연재해를 피할 수는 없었다. 많은 동인지가 휴간되거나 폐간되었고, 〈문예춘추〉도 인쇄본이 모두 불타 2개월간 휴간을 결정한다.

※ 橫光利一(1898~1947) 일본 모더니즘 문학을 대표하는 작가. 기성 언어에서 한발 나아가 문법에 자유로운 언어를 사용하거나 독특한 비유와 표현 기법을 구사했다.

〈문예시대〉 동인「文芸時代」同人, 1931, 일본근대문학관日本近代文学館 소장 및 제공. 문예춘추 오사카빌딩 옥상에서 촬영한 신감각파 작가들의 사진으로 오른쪽에서 두 번째 인물이 가와바타 야스나리다.

멈춘 것은 잡지 발간만이 아니었다. 가와바타 야스나리와 젊은 작가들은 이를 계기로 선배 문인이 이끌던 대로 따르던 발걸음을 멈추었다. 큰 자연재해를 겪으며 세상이 무너지는 경험을 한 젊은이들은 기성 문인들이 깔아 준 멍석 위에서 춤추는 대신에 자신들의 멍석을 깔아 보기로 한다. 〈문예춘추〉와 꼭 닮은 이름의 〈문예시대文芸時代〉라는 새 동인지를 창간하는 방법으로 말이다.

지진 전의 문예는 하나의 난숙기에 이르렀다. 그만큼 그것의 불만스러운 점도 확연히 느끼게 되었다. 지진이 없었어도 새로운 것으로 대체되어야 할 문예였다. 지진이 일어났다고 해서 갑자기 문예가 신선해질 것이라고는 몽상도 할 수 없다. 다만 지진이 기성 문예의 종점이며 신문예의 기점이 되는 것은 확실하다. 지진 전파 지진 후파라고 하는 식의 말이 생겨나는 의미를 갖게 될지도 모른다. 그리고 우리들은 이번 기회에 한층 노골적이고 대담하게 기성 문단에 대한 불만을 언급해, 새로운 문예의 요구를 명백한 형태로 제창해야 한다고 생각한다.

— 가와바타 야스나리, '여신문예의 작품余燼文芸の作品',
시사신보時事新報, 1923월 10월 21일

자연이 만든 강이나 바다, 산맥 같은 지형이 국경을 나누는 것은 익히 보아 왔다. 그런데 자연이 만든 재해가 한 나라 문화의 역사를 나누기도 하나 보다.
일본 문학사도 그랬다. 관동대지진을 기점으로 젊은 문인들은 새로운 문학에 시동을 걸었고, 이들에게는 '신감각파新感覚派'라는 이름이 붙었다.
바로 이때 후지야는 가와바타 야스나리와 요코미쓰 리이치를 비롯한 신감각파 작가들의 아지트이자 〈문예시대〉 발간을 논의하는 편집실 역할을 했다. 그렇게 창간된 〈문예시대〉를 통해 가와바타 야스나리의 걸작 중 하나인 〈이즈의 무희伊豆の踊り子〉가 발표되었으니, 〈문예시대〉라는 잡지와 후지야라는 킷사텐은 일본 최초의 노벨 문학상 수상작을 탄생하게 한 인큐베이터가 아니었을까.

새로운 연극을 만들고 싶어서

연극인 아오야마 준조도 후지야를 회상하면서
미요시를 빼놓지 않는다.

> 쇼와 초기 긴자에는 후지야라고 하는 카페가 있었다.
> 쓰키지에서의 연극이 막을 내리면 우리는 곧잘
> 그 가게에 들러 동료들과 잡담을 나누었다. 문사나
> 저널리스트나 가부키 무리도 오고. 파리에도 있을 것
> 같은 문화 살롱적인 분위기가 꽤 매력적이었다.
> 보이인 미요시 군이 부지런하게 테이블 사이를
> 돌아다니며 컵에 물을 자꾸 채워 주어서 커피
> 한 잔만으로 얼마든지 이야기를 나누며 스스럼없이
> 앉아 있을 수 있는 것이 기뻤다.
>
> — 히야시 데쓰오, 〈킷사텐의 시대喫茶店の時代〉,
> 지쿠마쇼보, 2020

이 정도면 미요시에게 상이라도 줘야 하는 것이
아닐까.

후지야를 자신들의 살롱으로 삼은 무리는 작가뿐만이 아니었다. 후지야 주변을 살피면 유독 공연 시설이 많이 보인다. 도쿄 극장, 신바시 연무장, 가부키자, 제국극장이 도쿄 역과 긴자 사이에 옹기종기 모여 있는데, 과거부터 공연 문화의 중심이 긴자였다는 사실을 확인할 수 있다. 후지야를 찾던 연극인들은 긴자에서도 쓰키지 소극장 구성원이었다.

100년 전 일본에는 지금 우리가 아는 연극이라는 것이 없었고, 전통극인 가부키나 통속적인 스토리로 흥행만 좇던 신파극이 있었다. 자연히 가부키도 신파극도 아닌 완전히 다른 연극을 만들고 싶어 하는 사람들이 생겼다. 새로운 연극, 신극이었다.

쓰키지 소극장은 오락성이나 상업성보다는 예술성에 초점을 두는 연극인이 모인 신극 실험실이었는데, 이 소극장은 일본 신극이 태동한 장소이기도 하지만 동시에 한국 근대 연극이 출발한 장소이기도 하다. 일본 유학 시절의 홍해성, 김우진, 유치진도 〈소〉와 〈나루〉, 〈춘향전〉, 〈지평선〉, 〈벌판〉 같은 우리 연극을 쓰키지 소극장 무대에 올렸다.

우리말과 우리글이 탄압받던 시대, 쓰키지 소극장은 어떤 곳이었기에 조선 연극을 무대에 올렸을까? 그곳은 어떻게 생겨나고 무슨 이유로 사라졌을까? 후지야에서 푸딩 아라모드를 깨끗하게 비우고, 수수께끼 같은 질문의 답을 찾아 현재의 도쿄를 걸어 과거의 도쿄로 간다.

사라진 쓰키지 소극장을 찾아서

아는 쓰키지라고는 쓰키지에 있는 수산시장이 전부였던 나. 그런데 소극장이 정말로 수산시장 자리 가까이에 있다. 쓰키지 소극장은 1945년 도쿄 대공습 때 폭격을 맞아 불타 버렸지만, 옛터에는 쓰키지 소극장을 기억하는 조형물이 서 있다.

쓰키지 소극장 터

연극 연구를 위해 유럽 유학 중이었던 히지카타 요시는 다이쇼 12년(1923) 9월 1일 관동대지진 소식을 듣고 급히 귀국, 오사나이 가오루와 의논해 일본 신극의 실험극장을 만들 것을 결의했다. 그리고 극단 '쓰키지 소극장'을 결성해, 다이쇼 13년 6월 13일 쓰키지의 땅에 사재를 털어 넣어 극장 '쓰키지 소극장'을 개장했다. 건물은 단층 고딕 로마네스크 양식으로 정원 468명의 조명, 음향에 고안을 집약시킨 극장이었다. 첫 공연은 괴링의 작품 〈해전〉(연출 히지카타 요시/장치 요시다 겐키치)으로, 개장 초기에는 서양 연극을 정력적으로 상연, 머지않아 일본인 작가의 상연 목록도 더해 일본 신극의 기초를 다지는 동시에 많은 명배우를 배출했다.

극단 '쓰키지 소극장'은 쇼와 4년(1929) 분열했지만 극장은 그 후 다양한 극단에 의해 활용되었다. 쇼와 16년에는 극장 명을 '국민신극장'이라고 개칭하게 되지만 쇼와 20년 3월 10일의 도쿄 대공습으로 소실될 때까지 신극의 등불을 밝혔다.

하지만 시대는 일제강점기. 일본 정부는 자국민에게도 호락호락하지 않았다. 문학, 미술, 음악, 연극 같은 예술 모두가 검열 대상이었기에 쓰키지 소극장도 정부의 검열을 받았다.
극장이 이 자리에 있었던 22년 동안 대사를 통편집당하거나, 정부의 입맛에 맞지 않는 배역이 삭제되거나, 공연 자체를 금지당하거나, 배우들을 무더기로 체포해 가는 바람에 무대에 설 사람이 없는 일이 숱하게 많았다.

가부키도 신파극도 아닌 새로운 연극이 이 자리에서 만들어졌다.

단층 건물에 468개 객석이
있었던 쓰키지 소극장.
오락성에 부합하지 않더라도
영양을 공급하면서 관객의
교감을 얻는 연극을 하고
싶었다는 이곳에서 공연은
언제나 큰 징소리로
시작되었다고 한다.

1936년 쓰키지 소극장에서
상연된 〈파우스트〉 무대.
연극을 올린 신협극단은
1940년 주요 배우들이
체포되어 강제 해산된다.

관객에 대한 검열도 심했다. 쓰키지에서 연극을 보기 위해서는 신분증을 비롯한 모든 소지품을 집에 두고 나오고 소지품 검사를 받더라도 신분을 알 수 없게끔 채비해야 할 정도였다고 한다.
설상가상으로 1944년에 들어서면서는 전국의 공연 시설이 모두 폐쇄되고 연극·영화·음악 공연 모두 금지당한다. 예술 하기 어렵다, 어렵다 하지만 이렇게까지 어려울 수가 있을까. 이런 말도 안 되는 상황에서도 쓰키지 구성원들은 근대 연극을 쌓아 올릴 터를 다지고 또 다졌다. 극장이 폭격으로 불타 완전히 사라질 때까지.

함께 탄압받는 상황에 조선 예술가들은 일종의 동지였을 것이다. 홍해성을 중심으로 한 극예술연구회, 유치진을 중심으로 한 동경학생예술좌도 쓰키지 무대에 연극을 올렸다. 일제강점기 농촌의 현실을 그린 〈소〉나 〈토막〉이 쓰키지에서 상연되는가 하면, 한국 연극인들이 올린 〈춘향전〉을 보고 일본 연극인들도 같은 작품을 연출하는 등 연극인 간의 교류도 이루어졌다.
후지야가 알려 준 이야기를 따라 찾아온 이곳에서 그들이 걸었을 거리를 상상하니 얼마간 말없이 텅 빈 골목에 머무를 수밖에 없었다. 어려운 상황에서도 끝끝내 연극을 하고자 했던 이들의 이름과 본 적 없는 그들의 모습이 눈앞에 스쳐 지나가는 듯했다.
그날의 후지야는 푸딩 아라모드의 달콤한 맛이 아닌 쓰키지 소극장 터의 아린 맛으로 기억된다. 연극인들의 열정과 환희와 희열과 고통과 괴로움이 한데 섞인 맛이었다. 숨 막히던 시대, 그들에게 킷사텐은 어떤 의미였을까. 어쩌면 동경학생예술좌의 예술가들도 후지야에 모이지 않았을까? 유치진이 훗날 서울 소공동에 프라타나 다방을 개업한 것도 우연이 아닐지도 모른다.

그 후로 후지야를 보면 미요시의 다정한 환대를 받으며 "우리는 지금까지와는 다른 문학을 할 거야!"라고 다짐했을 어린 가와바타 야스나리와 "가부키와 신파극이 전부는 아니야. 우리는 지금까지와는 다른 연극을 할 거야!" 하고 주먹을 불끈 쥐었을 젊은 연극인의 모습이 그려진다. 하고 싶은 일도, 나누고 싶은 대화도 많았을 테니 한두 시간을 넘어 온종일 그곳에 있을 만도 했겠다. 신감각파의 등장으로 일본 문학의 지평은 더 넓어졌고, 신극의 등장으로 지금의 내가 보는 연극의 기반이 다져졌으니, 나는 귀여운 얼굴을 한 페코짱이 시치미를 떼고 있다고밖에 생각할 수 없다. 후지야가 실은 이런 곳이었을 줄이야.

존 레넌과 오노 요코는 왜 파울리스타에 갔을까

카페 파울리스타カフェーパウリスタ

긴자를 어슬렁어슬렁

신칸센이 속도를 낸다. 터널 몇 개를 연달아 지나며 멍해진 귀는 도쿄에 가까워진 신칸센이 속도를 늦추기 시작하자 다시 소리를 선명하게 빨아들인다. 몽롱했던 정신도 번쩍 뜨인다. 촉각이 깨어나는 순간 묘하고도 신선한 감각이 일어난다. 그 감각은 내가 향하는 장소는 도쿄지만, 향하는 시점은 지금 현재만이 아니라고 말하는 것 같다.

우리가 어떤 나라나 도시에 간다는 것은 그곳의 오늘을 찾아 나서는 일이기도 하지만 동시에 켜켜이 쌓인 어제의 날들을 만나는 일이기도 하다. 도쿄에 가까워질수록 나는 현재에 두 발을 딛고 걸으면서도 과거에 가까워진다고 느낀다.

긴자 한복판에 서면 그런 기분이 더 진하게 몰려온다. 긴자에 있는 가게들은 오늘과 어제를 동시에 품고 있다. 빵집 기무라야는 1869년, 비어홀 라이언은 1899년, 시세이도 팔러는 1902년, 문구점 이토야는 1904년에 문을 열었다는 사실을 떠올리면 이 거리에서 같은 간판을 보고 걸었을 지난 100년의 사람들과 나란히 서 있는 듯한 기분이 든다. 그래서 나는 긴자가 프렌치 파이 과자를 닮았다고 느낀다. 긴자를 여행하는 것은 하나의 면 위에 또 다른 얇은 면이 겹친 파이처럼 층층이 쌓인 시간을 한입에 베어 무는 것과 같으니까.

긴자에 백화점이며 상점이 활발하게 생겨나던 무렵 도쿄의 학생과 예술가들은 '긴부라銀ブラ'라는 말을 만들어 냈다. '긴자 부라부라(긴자 어슬렁어슬렁)'를 줄인 말로 긴자 상점가를 걸으며 거리를 구경하는 유행을 담은 말이다. 지금 우리도 긴자를 어슬렁대며 여기저기 기웃거리곤 하니 우리의 여행에도 '긴부라'라는 이름을 붙일 수 있지 않을까.

긴부라에 다른 뜻이 있다는 주장도 있다. 긴자에 있는 유명한 커피점에서 브라질 커피를 마시는 일을 '긴부라(긴자 브라질 커피)'라고 불렀다는 것이다. "그건 누군가가 잘못 만들어 낸 말을 언론이 받아쓰기한 거고요!" 하는 반론이 한 권의 책※으로 출간될 만큼 논쟁이 있지만, 나는 어느 쪽이 진짜인지 판결을 내릴 재주는 없다. 그렇지만 1911년부터 지금까지 긴자에서 브라질 커피를 파는 곳의 이름이 파울리스타라는 것은 안다.

※ 2014년 이나호쇼보いなほ書房에서 출간한 책 〈긴부라의 어원을 바로잡다「銀ブラ」の語源を正す〉. 긴부라가 긴자 브라질 커피라는 주장은 커피 회사의 마케팅일 뿐이며, 이를 언론과 잡지가 사실 확인 없이 사용하고 있음을 꼬집는다.

커피가 모두의 음료가 되기까지

도쿄 최초로 카페라는 이름을 쓴 곳은 카페 프란탄カフェプランタン이다. 1911년 4월 긴자에 문을 연 카페 프란탄은 회원제로 운영되며 문화 살롱 역할을 했지만 역사는 그리 길지 않다. 도쿄에 현존하는

카페 중 가장 오래된 곳은 파울리스타다. 파울리스타는 '카페'라는 이름을 내걸고 문을 열었지만 킷사텐에 가까운 공간이었는데, 술과 여자를 팔던 당시 카페와 달리 커피를 매개로 한 예술가의 아지트였다는 점에서 그렇다.
파울리스타는 일본 곳곳에 킷사텐을 대중화한 주인공이기도 하다. 커피라는 음료가 아무리 좋다 해도 공급이 충분하지 않으면 특별한 몇 사람만의 전유물이 되고 만다. 파울리스타가 등장하기 전 커피 한 잔 값은 30전. 소바 한 그릇 값이 3전이던 시대였으니 커피 한 잔이 보통 사람들의 열 끼 식사와 맞먹었다. 하지만 원두 부자였던 파울리스타는 일본 주요 도시에 지점을 내고 커피를 5전이라는 놀라운 가격에 맛볼 수 있게 하는가 하면, 킷사텐을 열고 싶어 하는 사람들에게 브라질 원두를 저렴하게 보급했다.
주인이던 미즈노 료가 이민 사업자였기 때문인데, 일자리가 없어 허덕이던 농촌 사람들을 인력난을 겪던 브라질 커피 농장에 보낸 대가로 브라질 정부가 원두를 무상으로 선물하거나 싼값에 제공한 덕이었다.

일본 대중에게 커피라는 음료를 널리 소개한 파울리스타가 지금도 긴자에서 브라질 커피를 내리고 있으니, 오늘날에도 긴부라를 하면서 파울리스타를 빼놓을 수는 없는 법이다. 어슬렁어슬렁 걷던 발걸음을 파울리스타 앞에서 멈춘다. 화면보다 실물이 더 중후하고 멋진 신사 같다.
파리 카페처럼 둥근 차양이 달린 문도 멋스러움을 더한다. 그러고 보면 파울리스타의 롤 모델은 파리에 있다고 했던가. 파울리스타는 1686년 개업해 쇼팽, 루소, 나폴레옹이 드나들던 르 프로코프Le Procope

같은 공간을 지향했다고 한다. 르 프로코프는 파리에 현존하는 가장 오래된 카페이고 파울리스타는 도쿄에 현존하는 가장 오래된 카페니 파울리스타는 100년 전 꿈을 어느 정도 이뤘다고 볼 수 있겠다.

차양 안으로 성큼 첫발을 내디디면 그림이 가득 걸려 있는 벽과 그 아래에서 담소를 나누는 사람들이 눈에 들어온다. 일본 최고령 카페라 해도 세월은 느껴지지 않는데, 가게가 관동대지진으로 무너지면서 문을 닫은 기간도 있었고 이사도 했기 때문이다. 그렇지만 벽지와 거울, 소파는 물론이고 숟가락과 컵 하나하나까지 최대한 원래 모습 그대로를 복원했다. 파리의 예술이 르 프로코프에서 움텄다면 근대 도쿄의 예술은 바로 이곳, 파울리스타에서 피어났다. 일본을 찾은 존 레넌과 오노 요코도 파울리스타를 놓치지 않았다. 존 레넌과 오노 요코는 1977년부터 3년 연속 일본을 방문해 짧게는 한 달, 길게는 다섯 달간 머물렀다. 파울리스타 커피 잔에 사인을 남긴 해는 1987년이었는데, 아무리 유명한 손님이 와도 다가가서 알은체를 하거나 귀찮게 하지 않는 것이 파울리스타의 원칙이라지만 두 사람이 사흘 연속으로 찾아오는 바람에 사진과 사인을 부탁했다나. 파울리스타는 어떤 곳이기에 존 레넌과 오노 요코가 출근 도장을 찍었을까?

한국 최초의 문학 동인지가 창조되던 날

오래된 킷사텐이 흥미로운 이유는 그 속에 있는 모든 것이 말을 걸어와서는 각자 자신의 이야기를 들려주기 때문이다. 그래서 카페인을 수혈한 후 스스로를 바쁘게 재촉해 자리를 뜨기보다 조금 느긋한 마음으로 공간에 눈을 맞추고 작은 속삭임에도 귀를 기울이고 싶다.
테이블에 놓인 설탕 항아리에도 이야기가 가득 채워져 있는 곳이 파울리스타다. 인심 후한 파울리스타는 설탕도 항아리 통째로 테이블 위에 올려놓아서, 학생 손님들은 고향에서 받은 쌈짓돈을 꺼내 커피 한 잔과 도넛 하나를 먹은 다음 하숙집 주인아주머니에게 줄 선물로 설탕을 종이에 싸 갔다고 한다.
메뉴판에 적힌 음식 하나하나에도 이야기가 있다. 일단 파울리스타 전통의 맛이라는 '파울리스타 올드' 한 잔을 시킨 다음 메뉴를 천천히 살피니 커피 젤리, 커피 파르페, 모카 팬케이크 같은 커피 이외의 메뉴가 눈에 들어온다. 처음부터 원두가 넘쳐났던 파울리스타는 풍족한 원두를 마음껏 가공해 온갖 음식을 참 많이도 만들어 냈다. 커피 캐러멜, 커피 비스킷, 커피 웨하스, 커피 센베이 같은 과자는 물론이고 커피에 탄산수를 섞은 커피 소다, 물에 타기만 하면 커피가 완성되는 농축액인 커피시럽도 있었다.

이 커피시럽은 우리에게 꽤 의미 있는 순간에도 등장한다. 3·1운동이 일어나기 3개월 전, 우리나라 최초의 문학 동인지 〈창조〉가 창조되던 날 밤에도 파울리스타의 커피가 있었다.

일본 동경 혼고에 있는 내 하숙에는 나하고 주요한하고가 화로를 끼고 마주 앉아 이야기를 하고 있었다. 파우리스타의 커피시럽을 진하게 타서 마시면서 그날 저녁(한두 시간 전)에 동경 유학생 청년회관에서 크리스마스 축하회라는 명목으로 열렸던 유학생들의 집회에서 돌발된 사건 때문에 생긴 흥분이 아직 생생하게 남아서 그 이야기를 중심으로 이야기에 꽃이 피었다.
(…)
즉 3·1운동의 씨가 그 밤에 배태된 것이었다. 운동을 진행시킬 위원을 선출하고 '독립선언서'를 작성하고 일본과 연락할 방도를 토의하고 헤어진 것이었다. 요한과 나는 거기서 헤어져서 파우리스타에 들러서 차를 한 잔씩 마시고 커피시럽을 한 병 사 가지고 함께 내 하숙으로 온 것이었다.
(…)
이 밤도 우리의 이야기는 그리로 뻗었다. 그리고 문학운동을 일으키기 위하여 동인제로 문학잡지를 하나 시작하자는 데까지 우리의 이야기는 진전되었다.

— 김동인, 〈문단文壇 30년의 자취〉, 1948

동료 유학생과 독립운동을 논의하던 김동인과 주요한※은 하숙집에 들어가기 전 파울리스타에 들러 차를 마시고 커피시럽을 산다. 파울리스타 커피시럽을 타 마시면서 대화 주제는 문학으로 흘러가고, 새로운 문학 운동을 일으키자는 뜻을 모아 〈창조〉를 발간하기로 한다.
두 사람이 새벽 다섯 시가 넘어서야 잠이 든 것은 새로운 시도를 앞둔 흥분 때문이기도 하겠지만 진하게 탄 커피시럽도 한몫했을 것이다. 훗날의 행적이 어디로 향할지 자신조차 알 수 없던 시절의 이야기로 남았지만 말이다.

오늘날 파울리스타는 공들여 엄선한 스페셜티 커피를 통해 메뉴에 변화를 준다. 하지만 '파울리스타 올드'만큼은 고전적인 킷사텐 커피를 옛 형태 그대로 재현한 커피 잔에 담아낸다.

※ 평양에서 보통학교를 함께 다닌 주요한과 김동인은 각각 1912년, 1914년 일본 유학을 떠난다. 당시 조선 유학생들은 1919년 3·1운동을 한 달 앞두고 도쿄에서 2·8독립선언을 할 정도로 독립운동에 적극적이었다. 주요한과 김동인도 이 운동에 참여하는 동시에 문학 운동을 일으키고자 우리나라 최초의 순문예지 〈창조〉를 창간한다. 그러나 두 사람은 1930년대 후반부터 일제에 협력해 친일 반민족 행위자가 된다.

파울리스타 벽에 걸린 그림과 거울

두 청년 문인이 마시던 커피도 이런 맛과 향이었을까? 맥주를 연상시키는 산미와 견과류의 감미가 부드럽게 섞였다는 브라질 커피를 넘기며 지금의 파울리스타 풍경을 눈으로 쓰다듬는다.
가득 쌓인 종이 뭉치를 앞에 두고 무언가에 열중하고 있는 사람, 진지한 얼굴로 이야기를 나누다 이따금 커피 잔을 들어 목을 축이는 사람, 아무런 미동 없이 창문 밖을 보고 있는 사람. 그 사이사이에 꽃병이며 그림 액자가 있다.
파울리스타에 걸린 그림 중에는 만화가이자 일러스트 작가 와타세 세이조 작품도 있다. 시티 팝 일러스트 특유의 그림체와 청량한 색감이 녹아든 장면 속에는 양산을 쓰고 긴자 거리를 오가는 사람들과 자동차가 보이고, 그 앞에는 커피 한 잔씩을 사이에 두고 마주한 사람들이 앉아 있다.
그중 맨 왼쪽에서 나비넥타이를 매고 씁쓸한 얼굴로 커피를 들이켜는 이 양반은 바로 앞 장에서 이야기한 기쿠치 간이다. 과거 파울리스타 바로 앞에는 기쿠치 간이 주간으로 일하던 신문사 시사신보사가 있었다. 이메일도 스마트폰도 없던 시대였기에 작가들은 신문에 연재할 원고를 우체국에 맡기거나 직접 들고 가야 했는데, 기쿠치 간은 원고를 갖고 오는 작가를 파울리스타에서 만났다.

파울리스타 2층에 걸려 있는 와타세 세이조의 그림. 파울리스타 제공.

손님이 호출할 때마다 파울리스타에 불려 온 탓에
기쿠치 간은 매일 대여섯 잔의 커피를 마셨다고 한다.
커피를 과음한 나머지 배 속은 온종일 출렁였고, 쓰디쓴
맛에 벌레를 씹은 듯 오만상을 쓰던 날들은 그림이 되어
파울리스타 벽에 걸려 있다.
기쿠치 간을 가장 많이 불러낸 작가는 아쿠타가와
류노스케였다. 파울리스타 커피를 괴로워하면서
마신 기쿠치 간과 달리 아쿠타가와는 이곳 커피를 꽤
좋아했던 것으로 보이는데, 도쿄근대문학관에 있는
문단 카페에서는 파울리스타 브라질 원두로 내린
커피에 '아쿠타가와'라는 이름을 달았을 정도다.
아쿠타가와의 작품에도 파울리스타가 자주 등장하는 걸
보면 와타세 세이조 같은 일러스트레이터는 그림을
통해, 작가는 글을 통해 자신이 좋아하는 것의 흔적을
남긴다는 생각이 든다.

어느 가루눈이 격렬하던 밤, 우리들은 카페
파울리스타 구석 테이블에 앉아 있었다. 그 무렵의
카페 파울리스타에는 중앙에 축음기가 한 대 있어서
백색 동전 하나를 넣으면 음악을 들려주는 시설이
있었다. 그날 밤도 축음기는 우리 이야기에 거의
반주를 끊는 법이 없었다.

— 아쿠타가와 류노스케, 〈그 제2彼 第二〉(1927),
〈아쿠타가와 류노스케 전집 제14권芥川龍之介全集
第14巻〉, 이와나미쇼텐岩波書店 1996

아쿠타가와가 목숨을 끊기 전 마지막으로 남긴 유작
〈어느 바보의 일생或阿呆の一生〉 39장 '거울鏡'에도
파울리스타가 나온다.

그는 어떤 카페 구석에서 친구와 이야기하고 있었다.
친구는 구운 사과를 먹으며 요즘의 추위 이야기 같은
것들을 했다. 그는 이런 이야기를 하던 중 갑자기
모순을 느끼기 시작했다.
"아직 결혼 안 했었지?"
"아니, 다음 달에 결혼하게 됐어."
그는 말없이 조용해졌다. 카페 벽에 끼워진 거울은
무수한 그 자신을 비추고 있다. 싸늘하게 뭔가를
위협하듯이….

— 아쿠타가와 류노스케, '거울'(1927),
〈아쿠타가와 단편집芥川龍之介短篇集〉, 신초샤新潮社, 2007

아쿠타가와의 소설은 참 짧다. 이렇게 짧은 소설을 나뭇잎에 빗대 엽편소설이라 하는데, '거울'도 나뭇잎에 쓸 수 있을 만한 이 몇 줄이 소설의 전문이다. 그래서 나는 아쿠타가와의 글이 요즘 시대와 잘 맞는다고 생각하는데, 영상물마저 숏폼이 인기인 시대에 더없이 적합한 '숏폼 소설' 같아서다. 지하철로 이동할 때마다 아쿠타가와 글 한두 편을 야금야금 읽고 온종일 여운을 곱씹는 것이 한동안 내 즐거움이기도 했다.
아쿠타가와 전집을 담당한 편집장은 '글에서 어떤 카페는 파울리스타이고 친구는 다니자키 준이치로를 뜻합니다'라는 각주를 달았다고 하니 '거울' 속 '그'는 아쿠타가와 자신이었을 것이다. 거울에 비친 스스로를 보며 싸늘한 위협을 느끼고, 그 위협으로부터 달아나기 위해 삶을 마감하는 길을 택한 아쿠타가와를 떠올리면 파울리스타의 거울이 단순한 거울로만 보이지 않는다. 절친한 벗을 떠나보내고 쓸쓸한 마음으로 아쿠타가와상을 만들었을 기쿠치 간을 생각하면 그들 생의 한 조각이 이곳에 아직 머무르고 있는 것만 같아서, 파울리스타에 걸린 그림에도 거울에도 자꾸만 눈길이 머문다.

나혜석이 모임 이름을 청탑회라고 지은 까닭은

1층을 뒤로하고 계단을 오르면 2층은 2층대로
자기 이야기를 지니고 있다. 긴자 거리가 한눈에
내려다보이는 2층 자리에 앉을 때마다 나는 가만히
나혜석의 얼굴을 떠올린다.
파울리스타 2층에 있던 여성 전용실 '레이디스 룸'은
여류 작가와 페미니스트가 모이는 아지트였다.
18세기 런던 살롱에 모이던 여성들이 파란 스타킹을
신던 것을 계기로 유럽에서는 '블루 스타킹'이
여성 문학 살롱을 지칭하는 의미가 됐다고 했던가.
파울리스타 살롱에 모이던 도쿄 여성 작가들은 블루
스타킹을 한자로 옮긴 〈청탑靑鞜(세이토)〉※이라는
잡지를 만들고, 자신을 신여성이라고 부른다.
이 잡지는 누군가의 결혼 자금으로 만든 것이었다.
히라쓰카 라이초는 좋은 집안에서 곱게 자란
아가씨였는데, 결혼해서 아내라는 이름으로 살아가는
대신 작가로서 자신의 삶을 살아가고 싶어 했다. 결국
어머니가 자신의 혼수 자금으로 쓰려고 모아 놓은
돈을 받아 내 〈청탑〉을 창간했고, 창간호에서 '여성은
태양이었다'라는 명문장을 남긴다.

※ 1900년대 무렵 일본에는 150개 이상의 부인 잡지가 있었지만 대부분 양처현모 양성을 위한 교양지였다. 〈청탑〉은 신여성을 위한 문예지로 정조나 낙태 등 파격적인 소재를 다루어 일제로부터 세 번이나 발매금지 처분을 받았다.

원래, 여성은 태양이었다. 진정한 인간이었다.
지금, 여성은 달이다. 타인에 의해 살아가고 타인의 빛에
의해 빛나는 병자와 같은 창백한 얼굴의 달이다.
(…)
우리 모두를 은폐시켜 버린 우리의 태양을 이제는
되찾아야 한다. '숨겨진 우리의 태양을, 숨어 있는
천재를 발현하자.'

— 히라쓰카 라이초, '원래 여성은 태양이었다
元始, 女性は太陽であった', 〈청탑〉, 1911년 9월 창간호

현재까지도 일본 페미니즘을 상징하는 이 강력한
글이 마음을 끌어당긴 것일까? 나혜석, 김일엽,
박인덕, 신줄리아 등 조선 신여성 1세대는 모임 이름을
청탑회라고 짓고 〈신여자〉를 발간한다. 나혜석은
도쿄 유학생 모임 기관지에 '이상적인 부인'이라는
글을 실으며 히라쓰카 라이초를 소개했고, 일본 유학
시절에 대해 "나에게 천재적인 이상을 심은 것은 라이초
여사였다"라고 회상하기도 했다. 달이 아닌 태양으로
살다 간 사람들을 떠올리면 파울리스타 2층이 더욱
환하게 느껴진다.

설탕이 든 항아리부터 메뉴판, 그림, 거울, 2층으로
향하는 계단까지. 파울리스타는 '도쿄에 현존하는
가장 오래된 카페'라는 한 줄 수식어 뒤에 많고
많은 이야기를 품고 있다. 그런 파울리스타를 보면
이 커피점이 긴자와 결을 같이한다는 느낌이 든다.
긴자에 겹겹이 쌓인 어제와 오늘이 공존하는 것처럼
파울리스타에도 수많은 예술가의 어제와 우리의

오늘이 공존하니 말이다.
그렇다고 해서 파울리스타가 과거에 머물러 있는 것만은 아니다. 저렴하고 양 많은 옛 원두가 브라질로 이민을 떠난 사람들의 눈물과 땀으로 얻은 것이었다면 지금은 '숲의 커피'라고 불리는 원두가 파울리스타를 대표한다. 커피를 얻기 위해 숲의 또 다른 주인인 풀을 인위적으로 제거하지 않고, 농약과 화학비료를 사용하지 않으면서 원두를 수확한다는 것이다. 파울리스타는 과거를 간직하되 시대에 맞게 변화한다. 긴자가 그러한 것처럼 말이다. 파리에 르 프로코프라는 살롱이 있다면 긴자에는 파울리스타라는 살롱이 있다. 브라질 커피 한 잔을 앞에 두고 파울리스타의 이야기에 귀를 기울이면 알게 된다. 도쿄를 여행한 존 레넌과 오노 요코가 왜 이곳에 올 수밖에 없었는지.

카페 드 람브르
カフェ ド ランブル

도쿄 커피의 전설이라고도 불리는 카페 드 람브르는 커피에 관심 있는 사람이라면 대부분 알 법한 유명한 커피점으로, 카페보다는 킷사텐에 가까운 분위기 때문에 킷사텐을 소개하는 미디어나 책에 줄기차게 등장한다.
2018년 103세로 소천할 때까지 로스팅을 하고 커피를 내리던 마스터는 일본 커피계에서 상징적인 존재였으며, 10년 이상 에이징한 커피콩 '올드 빈스'로 만든 독특한 커피는 이곳을 도쿄 3대 커피점으로 불리게 했다. 도쿄 역사상 최고의 커피점이라는 기치조지 모카, 바하, 카페 드 람브르 중 지금까지 남아 있는 곳은 이곳뿐이다.
이곳에서 가장 유명한 커피는 샴페인 잔에 담긴 커피에 우유를 올린 블랑 에 누아르, '호박 여왕'이라는 별명이 붙은 음료다. 10년 이상 숙성된 올드 빈스 메뉴에는 ★표가 붙어 있다. 커피콩마다 맛있어지는 세월이

다르다고 하고, 같은 콩으로 내린 커피라도 오늘 맛과 5년 후 맛에 차이가 있다고 하니 미각이 뛰어난 사람이 특히 흥미로워할 킷사텐이다.
'커피만을 위한 가게'라는 글귀가 쓰인 간판처럼 카페 드 람브르는 식사나 디저트를 팔지 않으며 쉼을 위한 공간도 아니다. 오로지 커피를 마시는 행위에 방점이 찍혀 있다.

긴자 역에서 도보 8분, 신바시 역에서 도보 5분

화요일~토요일 12:00~20:30, 일요일 12:00~18:30, 월요일 휴무

전석 금연

프랑스야
仏蘭西屋

긴자 미쓰코시 백화점 앞 골목에서 '킷사관喫茶官'이라고 적힌 간판 아래를 통과해 벽돌 계단을 걸어 내려가면 응접실처럼 널찍한 공간이 모습을 드러내며 클래식 연주곡이 들려온다. 천장에는 촛불 모양 조명이 달린 샹들리에가 걸려 있고, 노란 벽을 감싸는 몰딩과 진한 식탁은 나무 피아노를 연상시킨다. 그 사이에서 가장 중후한 분위기를 내는 것은 의자다. 둥그스름하고 완만한 곡선을 이루는 의자는 킷사텐 특유의 편안함을 온몸으로 보여주는 듯하다.
프랑스야는 특정 연령 손님만 찾는 킷사텐은 아니며, 20대에서 80대까지의 손님이 여럿이 이야기를 하거나 혼자 쉬며 시간을 보낸다. 카페와 구별되는 킷사텐의 특징 중 하나는 셀프서비스가 아닌 '풀 서비스'라 했던가. 자리에 앉기만 하면 주문부터 서빙까지 모두 맡아 주니 대화나 휴식에 집중하고 싶을 때 킷사텐만 한 곳이 없다.

프랑스야는 오사카를 포함한 간사이 지역에서 유명한 킷사텐 에이코쿠야英国屋에서 운영하는 곳이다. 에이코쿠야가 경양식으로도 유명한 만큼 킷사텐을 대표하는 음식은 물론 프랑스야만의 특별한 메뉴도 있다. '야키 오므라이스'라고도 불리는 오므라이스 오븐 구이는 달걀을 넣은 도리아 같은 음식. 새로운 듯 익숙한 킷사메시가 재미있게 느껴진다.

긴자 역에서 도보 4분

매일 08:00~21:00

전석 금연

트리콜로르 본점
トリコロール 本店

"와, 지브리 만화에 나올 것처럼 생겼네!"
과거와 현재가 공존하는 긴자에서도 트리콜로르(일본에서는 '토리코로루'라고 부른다)는 특별하다. 낮은 나무 회전문을 빙글 미는 순간 바깥과 완전히 다른 세계에 들어선 것 같은 기분이 든다.
바샤 커피처럼 고급화를 지향하는 여러 브랜드에서도 비슷한 분위기를 경험할 수 있지만 이곳의 특징은 정말로 세월을 머금었다는 것. 트리콜로르는 1936년 탄생해 어느새 100세를 코앞에 둔 노신사다.
트리콜로르를 만든 사람은 일본 카페나 킷사텐에서 자주 볼 수 있는 '키KEY 커피', 즉 기무라 커피를 만든 사람이다. 그래서 커피에 대한 노하우와 기본기도 탄탄하다고 볼 수 있다.
앤티크한 계단을 타고 2층으로 올라가면 층고 높은 천장과 창문에 시선이 간다. 유럽 어느 도시 미술관에 온 것 같은 기분도 든다.
긴자 킷사텐은 대부분 서양풍으로

화려하게 장식된 것이 특징인데, 벽돌로 만든 벽난로와 창문 앞에 달린 붉은 차양을 보면 “여기는 정말 긴자스럽다!” 하는 말이 절로 새어 나온다.
트리콜로르에서 커피를 주문하면 직원이 뜨거운 커피가 든 주전자를 들고 나와 테이블 위에서 따라 준다. 커피에서는 은은한 과일 향이 풍기는데, 중남미 고산지대에서 수확한 커피콩을 넬 드립으로 추출했다. 트리콜로르가 자랑해 마지않은 애플파이는 바삭한 페이스트리 속에 부드럽게 씹히면서도 뭉개지지 않는 콤포트가 가득 차 있다. 사과를 손수 구입해 껍질을 벗기는 단계부터 시작하는 수제 애플파이라는 설명을 들으니 왠지 더 맛있게 느껴진다.

긴자 역에서 도보 4분

매일 08:00~19:00,
부정기 휴무 인스타그램 (@tricolore_honten) 공지

전석 금연

긴자 웨스트 본점
銀座ウエスト 本店

1947년에 문을 연 노포로 이곳에도 사연이 많다. 원래는 레스토랑으로 시작한 웨스트는 개업 6개월 후 사치스러운 외식을 제한하는 도 조례가 시행되면서 75엔 이상의 외식 메뉴는 판매가 금지된다. 어쩔 수 없이 차와 커피, 디저트만 팔게 된 웨스트는 '드라이 케이크'라는 쿠키로 유명해지면서 77년 역사의 양과 킷사로 자리 잡았다. 웨스트도 문화인이 모이는 킷사텐이었다. 창업 초기에는 '명곡의 저녁'이라는 이름으로 음악 전문가가 클래식을 해설하는 시간이 있었으며, 손님이 투고한 글을 싣는 주간 문학 리플릿 〈바람의 시風の詩〉는 웨스트의 역사와 더불어 오늘날까지 발간되어 문화 예술 킷사텐의 맥을 느끼게 한다. 곱게 접힌 〈바람의 시〉가 놓인 테이블은 새하얀 식탁보로 덮여 있고, 의자에도 빳빳하게 다린 흰 커버가 씌워져 있다. 소공녀의 방을 연상시키는 본점 내부는 정갈하면서도 차분한 옛 영화 속 분위기를 연출하는데, 차와 커피는 1000엔에 가까워 보통의 킷사텐보다 비싼 편이지만 몇 번이고 오카와리おかわり(리필) 가능해 머무는 내내 신선한 차와 커피를 즐길 수 있다. 케이크를 주문하면 커다란 쟁반에 케이크를 담아 내와 눈앞에서 견본을 보여 주는 것도 특징이다.

긴자 역에서 도보 7분, 신바시 역에서 도보 6분

월요일~금요일 09:00~22:00, 토·일요일 11:00~20:00

전석 금연

베니시카
ベニシカ

커피관珈琲館이라는 멋스러운 수식어가 붙은 베니시카는 일본에서 처음으로 피자 토스트를 만든 원조집이다. 베니시카가 개업한 1957년에는 도쿄에 이탤리언 레스토랑이 거의 없었고 피자도 접하기 어려운 고가의 음식이었다. 지금 베니시카 마스터의 어머니가 두툼한 식빵 위에 소스와 치즈를 얹어 판매한 것이 피자 토스트의 시작. 마요네즈에 버무린 참치 스프레드를 식빵에 발라 먹는 '참치 토스트'도 베니시카가 고안한 메뉴다. 도쿄에서 유동 인구가 가장 많은 도심 한복판에 있지만 베니시카는 고요한 안정감을 준다. 낮은 음량으로 흐르는 재즈, 나무 선반 위를 장식하는 커피와 관련된 골동품, 벽에 걸린 그림은 마스터가 하나씩 모은 것으로 관심과 취향을 드러내 인간적인 냄새가 난다.
퍼포먼스도 매력적이다. 베니시카에서 사이폰 커피를 주문하면 직원이 사이폰을 테이블에 가져와 즉석에서 커피 잔에 부어 주고, 두유오레를 주문하면 두유와 커피 주전자를 양손에 들고 나와 눈앞에서 배합해 준다.

유라쿠초 역에서 도보 3분, 긴자 역에서 도보 6분

월요일~금요일 11:00~23:00, 토·일요일 10:00~23:00

전석 금연

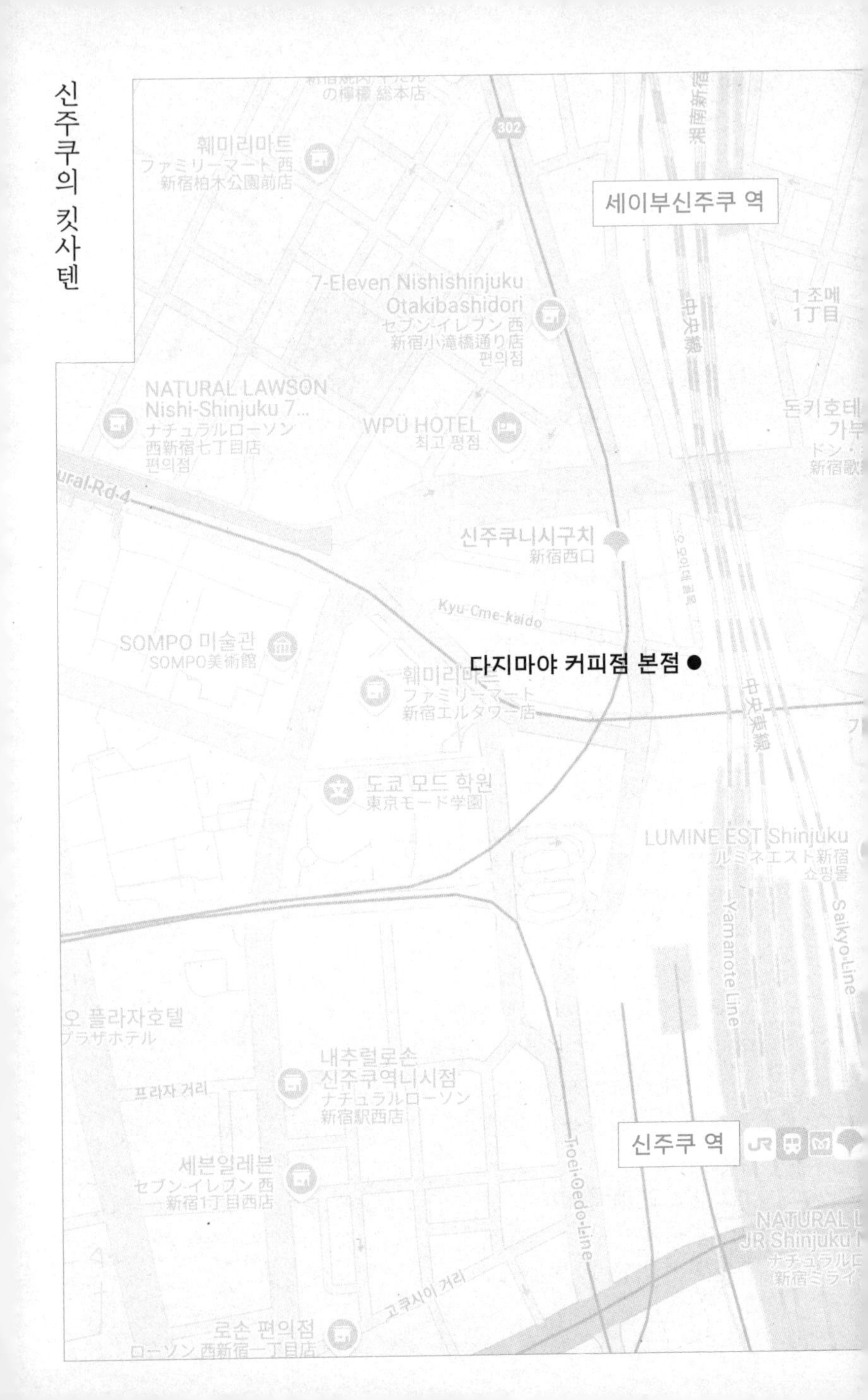

신주쿠의 킷사텐
세이부신주쿠 역
다지마야 커피점 본점
신주쿠 역
훼미리마트
ファミリーマート 西
新宿柏木公園前店
7-Eleven Nishishinjuku
Otakibashidori
セブン-イレブン 西
新宿小滝橋通り店
편의점
NATURAL LAWSON
Nishi-Shinjuku 7...
ナチュラルローソン
西新宿七丁目店
편의점
WPU HOTEL
최고 평점
신주쿠니시구치
新宿西口
Kyu-Ome-kaido
SOMPO 미술관
SOMPO美術館
훼미리마트
ファミリーマート
新宿エルタワー店
도쿄 모드 학원
東京モード学園
1 조메
1丁目
돈키호테
中央線
中央東線
LUMINE EST Shinjuku
ルミネエスト新宿
쇼핑몰
Yamanote Line
Saikyo Line
오 플라자호텔
プラザホテル
내추럴로손
신주쿠역니시점
ナチュラルローソン
新宿駅西店
프라자 거리
세븐일레븐
セブン-イレブン 西
新宿1丁目西店
Toei Oedo Line
고쿠시이 거리
로손 편의점
ローソン 西新宿一丁目店
302

ミニストップ 新宿
歌舞伎町店
토호빌딩 고질라
ゴジラヘッド
신주쿠 골든가이
新宿ゴールデン街
세이부
하나조노 신사
花園神社
302
305
더그
로손 신주쿠3초메키타점
ローソン 新宿三丁目北店
이세탄 신주쿠점
伊勢丹 新宿店
나카무라야
Musashino
(전)후게츠도
신주쿠산초메
新宿三丁目
Suehiro-dori St
쓰바키야
Shinjuku Wald 9
新宿バルト9
영화관
타임즈
Nat'l Rte 20
20
305
세븐일레븐

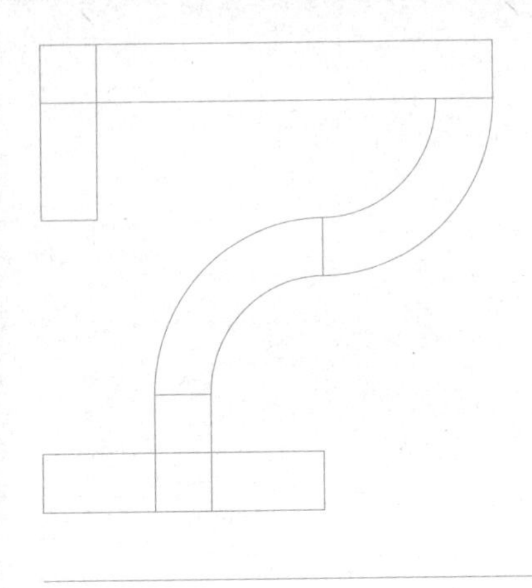

비에도 지지 않고, 킷사텐

쓰바키야 커피椿屋珈琲
모나미モナミ

비 내리는 도쿄에서는 킷사텐

맑은 날의 도쿄는 아름답다. 신주쿠 교엔이나 요요기 공원 같은 커다란 공원은 물론이고 빌딩 틈 사이사이 자그마한 한 뼘 녹지, 어떤 계절에나 푸른 잎을 보여 주는 키 큰 상록수, 우연히 만난 플리마켓 탁자 위에 올망졸망 놓인 누군가의 손재주, "나 신났어!"를 온몸으로 표현하며 산책하는 강아지에게까지 햇살은 사소한 모든 것에 스포트라이트를 비춘다. 이런 장면이 마음속에 차곡차곡 쌓이면 이 도시에서 대단한 것을 보거나 느끼지 않아도 한껏 충만한 기분이 든다.
반면 커튼을 걷었을 때 하늘이 비를 뿌리고 있으면 장마철 강아지 기분을 알 것 같다. "사막을 여행하지 않는 이상 빗속에서 여행하는 날이 있을 수밖에 없지. 날씨가 여행의 전부는 아니잖아?" 하며 있는 힘껏 긍정을 끌어모아도 나는 내 진짜 마음을 안다. 이왕이면 도시를 마음껏 누비게 허락하는 맑은 날을 바랐다는 걸.

비에도 지지 않고
바람에도 지지 않고
눈에도 여름 더위에도 지지 않는
건강한 몸을 갖고
욕심은 없이
결코 화내지 않고
언제나 조용히 웃는

하루에 현미 네 홉과
된장과 약간의 채소를 먹으며
여러 가지 일에
자신을 계산에 넣지 않고
잘 보고 듣고 헤아리고
그리고 잊지 않고
들판 솔숲 그늘 아래
작은 초가지붕 오두막에 살며
동쪽에 아픈 아이 있으면
가서 보살펴 주고
서쪽에 지친 어머니 있으면
가서 그 볏짐을 져 주고
남쪽에 죽어가는 사람 있으면
가서 무서워하지 말라고 하고
북쪽에 싸움이나 소송 있으면
시시한 일이니 그만두라 하고
가뭄 든 때에는 눈물 흘리고
찬 여름에는 허둥지둥 걸으며
모두에게 멍청이라 불리고
칭찬도 받지 않고
걱정거리도 되지 않는
그런 사람이
나는 되고 싶다

— 미야자와 겐지,
〈비에도 지지 않고雨ニモマケズ〉, 1931

빗방울에 옹졸해진 마음을 들여다보며 미야자와 겐지※의 시 〈비에도 지지 않고〉를 떠올린다. 물론 겐지가 정말로 비 오는 날에 읽으라고 이 시를 쓴

※ 宮沢賢治(1896~1933) 일본에서 널리 사랑받는 동화 작가이자 시인. 사람과 자연에 대한 따뜻한 시각으로 많은 작품을 남겼지만 마흔도 되기 전에 결핵으로 세상을 떠났다. 대표작으로는 〈은하철도999銀河鉄道999〉의 모티브가 된 〈은하철도의 밤銀河鉄道の夜〉, 〈주문이 많은 요리점注文の多い料理店〉이 있다.

것은 아니겠지만 '비에도 지지 않고 바람에도 지지 않고'로 시작되는 문장을 느린 호흡으로 읽고 나면 간장 종지만큼 협소한 내 그릇 평수에 확장 공사를 하고 싶어진다. 세상일에 너그러우면서도 단단한 사람이 되어서 나쁠 건 없지 않나. 그런 사람의 그런 하루를 보내 보자고 마음먹는다.
어떤 날이든 한결같은 너그러움을 보여 주는 킷사텐으로 발걸음을 옮긴다. '비 내리는 도쿄에선 역시 킷사텐이지' 하면서.

영화 〈아가씨〉의 한 장면 같은 쓰바키야 커피

신주쿠에는 다지마야 커피タジマヤコーヒー며 타임즈タイムズ, 커피귀족 에든버러珈琲貴族エジンバラ 등 오래된 킷사텐이 여럿 있지만 그중에서도 나는 프랜차이즈인 쓰바키야 커피가 가장 편하게 느껴진다. 뼈대 굵은 로컬 킷사텐도 많은데 왜 하필 쓰바키야냐 하면 다른 킷사텐에는 없는 고유의 정취를 꼽을 수밖에 없는데, 영화 〈아가씨〉에 나올 법한 다이쇼 시대 분위기를 일관성 있게 재현해 시간 여행하는 느낌을 준다.

우리나라 다방에는 프랜차이즈가 없지만 일본에는 쓰바키야 말고도 굉장히 많은 킷사텐 체인이 있다.

그만큼 킷사텐이 카페와 어깨를 나란히 하고 있다는 의미일 것이다. 나고야가 고향인 고메다 커피점コメダ珈琲店은 전국 어디에나 있고, 두툼한 팬케이크로 유명한 호시노 커피점星乃珈琲店은 국외로도 진출해 해외에서도 종종 킷사텐을 만난다. 도쿄에서는 관동 지역에만 있는 킷사 체인 르누아르喫茶室ルノアール가 가장 대중적이고, 역시 도쿄에서나 볼 수 있는 쓰바키야는 르누아르만큼 흔하지는 않지만 긴자, 이케부쿠로, 시부야와 롯폰기 같은 중심가에 꼭 하나씩은 있다.
이런 프랜차이즈 킷사를 보면 마스터 개인이 운영하는 곳보다 개성은 연하고 획일성이 진한 듯해 좀 아쉽기도 하면서, 한편으로는 킷사 프랜차이즈라도 있는 게 다행이라는 생각도 든다. 만약 도쿄라는 대도시에 고메다나 쓰바키야가 없었다면 결국 그 자리를 스타벅스나 탈리스가 대신하지 않을까. 다국적기업 간판과 함께 킷사텐 체인도 공존하는 도시가 여행자에게도 현지인에게도 선택과 경험의 폭을 넓혀 준다.

비에 젖은 우산을 가볍게 탈탈 털고 비닐을 씌운 뒤 쓰바키야 문 앞에 선다. 어떤 킷사텐의 문을 연다는 것은 그 킷사텐이 지닌 세계관으로 들어가는 일. 쓰바키야는 이 문을 통해 우리를 자신의 시대로 안내한다. 첫발을 디디면 빗살처럼 촘촘한 창틀과 중후한 식탁이 단단한 존재감을 뿜어내고, 짙푸른색 소파 뒤에는 골동품을 떠올리게 하는 그릇과 예스러운 스테인드글라스가 붙어 있다.
보라색 붓꽃이며 붉은 동백이 새겨진 유리 조각을 보면 영화 〈아가씨〉에 나오는 한 장면이 떠오르는데,

그런 분위기를 더 깊이 돋우는 것은 메이드와 집사 옷을 갖추어 입은 직원들이다.
김태리처럼 흰 앞치마를 두르고 레이스 머리띠까지 쓴 직원의 구둣발을 따라 자리를 안내받고 나면 커피를 주문할 차례. 쓰바키야 커피는 자가 로스팅한 원두를 사이폰으로 추출하는 것이 원칙으로, 마이스터 자격을 갖춘 사이포니스트가 커피 한 잔 한 잔을 정성스레 뽑아낸다고 한다. 그래서인지 커피 가격도 다른 킷사텐보다 약간 높은 편이다.
그렇게 만든 커피를 티끌 하나 없이 깨끗한 로열코펜하겐 식기에 담아 내오니, 쓰바키야가 손님에게 전하려는 분위기는 일본에 커피가 처음으로 들어온 시대가 아닐까. 쓰바키야에 갈 때마다 이런 경험을 선사하는 킷사 체인이 또 있을까 싶다. 그래서 단골손님들은 '일상 속 비일상'을 찾아 쓰바키야를 찾는다.

단정한 복장을 갖춘 메이드와 집사가 고급 식기에 커피와 홍차를 담아 온다.

육필 원고 길어 올린 킷사텐에서

한때 신주쿠에는 쓰바키야만큼이나 독특한 킷사텐 모나미가 있었다. 쓰바키야의 세계관이 다이쇼라면 모나미의 세계관은 문학이자 미술이었다. 모나미는 긴자, 히가시나카노, 신주쿠, 세 개 지점에서 손님을 맞았는데, 신주쿠 모나미에서는 일본 문학 역사에 길이 남을 깜짝 놀랄 만한 일이 일어나기도 했다. 미야자와 겐지가 폐병으로 세상을 떠난 지 1년 후의 일이다. 지금이야 일본 초등학생도 아는 국민 작가지만 살아생전에 무명이었던 미야자와 겐지는 자비 출판물 두 권만 남긴 채 서른일곱의 나이에 요절했다. 하지만 그의 진가를 알아본 동료 문인이 있었으니, 시인 구사노 신페이가 겐지의 글을 좋아하는 사람을 모아 신주쿠 모나미에서 추도식을 열었다. 사람들은 각자의 기억에 남은 겐지 모습을 이야기하고, 작품을 낭독하고, 겐지가 가사를 쓰고 노랫말을 붙인 '별자리 노래星めぐりの歌'를 합창하며 겐지를 마음에 새겼다.

겐지의 고향 이와테현에서 남동생 세이로쿠도 왔다. 본가 토광에 있었다는 형의 트렁크를 들고서. 그 가방

안에는 겐지가 미처 발표하지 못하고 떠난 어마어마한
양의 원고가 가지런히 정돈되어 있어 추도식에 온
사람들을 애달프게 했다.
그때 누군가가 트렁크에 달린 주머니를 발견하고
무심코 열었다. 주머니 속에 들어 있던 것은
손바닥만 한 크기의 검은 수첩. 병상에서 조금씩 시들어
가던 겐지가 마지막까지 쥐고 있던 노트에는 〈비에도
지지 않고〉가 육필로 쓰여 있었다. 겐지와 함께 영영
잠들 뻔했던 이 시는 신주쿠 킷사텐에서 전등 불빛을
받으며 세상 밖으로 나왔다.

> 그것은 갈색 즈크가 붙은 거대한 트렁크였다. 1921년
> 7월에 형은 그 녀석을 간다 근처에서 샀다는 것이다.
> (…)
> 그로부터 9년 동안 그 트렁크는 그대로 토광 2층에
> 놓여 있었다. 왜냐하면 형은 농업학교를 떠난 후 논밭의
> 비료 설계나 자신의 농경이 너무 바빠서 동화나 우화는
> 쓸 수 없게 되어 시나 음악만을 공부하고 있었고, 매년
> 냉해 피해나 가뭄을 마음 아파해 농촌을 떠돌아다니던
> 중에 점점 몸이 지쳐가, 1928년 3년 8월에 늑막염으로
> 쓰러졌기 때문이다. (…)
> 형 사후 5개월째에는 구사노 신페이 씨나 고무라
> 고타로 씨, 요코미쓰 리이치 씨의 노력으로 전집 출판이
> 진행되면서 이번에는 가지런히 정돈된 원고를 가득
> 채워 세 번 도쿄에 올라오게 되어, 신주쿠 모나미 추도회
> 테이블에 놓이는 영광을 안는다.
>
> — 미야자와 세이로쿠, 〈형의 트렁크
> 兄のトランク〉, 지쿠마쇼보, 1991

〈비에도 지지 않고〉가
적힌 검은 수첩. 미야자와
세이로쿠의 후손이 운영하는
킷사텐 린푸샤林風舍에서
원본을 소장하고 있다.

도쿄 나카노 중앙도서관에서
〈환상의 모나미,
히가시나카노에 모인 문화인〉
소개전을 열었을 때 공개된
모나미 사진. 세타가야 미술관
世田谷美術館 소장 및 제공.

모나미에서 미야자와 겐지 추도식이 열리지 않았다면
우리는 이 작가의 존재를 알지 못한 채 살아갔을 것이다.
겐지 추도식에서 발견된 원고는 〈미야자와 겐지
전집〉으로 출간되면서 세상에 알려졌고, 〈비에도 지지
않고〉도 사람들의 마음을 촉촉이 적시는 일본 국민
시가 되었다. 왕궁에서 쓰던 문화재가 옛 도읍 가까운
곳에서 발굴되는 것처럼, 묻힐 뻔했던 문학은 예술가가
드나드는 킷사텐에서 발굴되는 건가 보다.

모나미는 그런 공간이었다고 한다. 글을 쓰고
그림을 그리는 사람들이 모이는. 학생은 학교에서
친구를 만나고 회사원은 회사에서 동료를 만나는
것처럼 작가와 화가는 킷사텐에서 서로를 만났다.
그런 킷사텐의 별명은 '예술가와 문화인의
다마리바たまり場(집합소)'. 마치 웅덩이처럼 동료들이
항상 모여드는 일정한 장소라는 뜻이다.
도쿄에는 예술인을 끌어모으던 웅덩이가 여기저기
놓여 있었다. 이 넓은 도시에서 예술가들은 어떻게
서로를 알아보고 한 장소로 모여들었을까?

손님이 되다
킷사텐의
예술가는
공간을 주고,
예술가에게
킷사텐은

어떤 킷사텐은 문학작품에 등장한 것을 계기로 "나 여기 있어요! 우리 여기 모여요!" 하고 손짓한다. 모나미 긴자 본점도 소설가 오카모토 가노코※가 아들과의 추억을 그린 소설 〈모자서정母子叙情〉의 배경으로 등장하면서 예술가들의 공간이 되었다.

킷사텐 모나미는 아래층을 갓 수리해 전등 색깔도 방금 목욕을 끝낸 피부처럼 산뜻했다. 손님도 많지도 적지도 않고, 의자와 테이블도 적당히 떨어져 있어 스토브를 끈 후에도 사람의 온기 덕에 알맞은 기온이 실내에 떠돌았다. 객석에서는 소란스러운 목소리 없이 전체적으로 정물 그림 같은 단아함을 지키고 있었다. 때때로 가게 안쪽 스탠드에서 유리잔에 소다 반짝이는 소리가 실내의 봄 정물화에 휘발성을 주었다.

— 오카모토 가노코, 〈모자서정〉(1937), 〈오카모토 가노코 전집 3 岡本かの子全集 第3巻〉, 지쿠마쇼보, 1993

※ 岡本かの子(1889~1939) 단가와 와카和歌를 짓는 가인이었지만 모나미에서 만난 가와바타 야스나리에게 소설을 배웠다.

〈모자서정〉에 묘사된 모나미는 어떻게 이렇게
쓰바키야 커피와 비슷할까. 의자와 테이블이
적당히 떨어져 있고, 알맞은 기온이 실내에 떠돌며,
전체적으로 정물 그림처럼 단아한 킷사텐. 모나미를
쓰바키야로 바꾸어도 잘 들어맞는다. 신주쿠가
아닌 히가시나카노에 있던 모나미도 다이쇼 시대풍
건물로, 젠체하지 않지만 세련된 개인 주택풍의
근대건축물이었다고 한다.

뜬금없는 고백을 하자면 내가 오카모토 가노코를
알게 된 건 작품이 아닌 엉뚱한 경위를 통해서였다.
"전통적인 결혼이 아닌 다른 형태의 관계는 무엇이
있을까?" 궁금해하던 중 오카모토 가노코의 결혼 생활
이야기를 들은 것이다.
가노코는 오카모토 잇페이라는 만화 기자와
결혼했지만 다른 남자 친구와의 연애 관계도 유지했다.
남편은 아내에게 역정을 내는 대신 "그렇게 좋으면 같이
살면 되지 않소?"라고 하며 아내의 남자 친구를 식구로
들였다. 1층에서는 남편이, 2층에서는 남자 친구가 살고
아내는 1층과 2층을 오가며 지냈다. 남편이 신문사 일로
유럽에서 일하게 되었을 때도 아들, 아내, 아내의 남자
친구까지 모두 데리고 프랑스에 가서 살았다.
훗날 오카모토 가노코가 세상을 떠나자 남편과 남자
친구는 도쿄 시내를 돌아다니며 장미꽃이란 장미꽃은
모두 구해 아내 몸에 흙이 닿지 않도록 꽃으로 감싸
장례를 치렀다. 아들인 오카모토 다로 역시 평생
결혼이라는 관계를 선택하지 않았는데, 삶의 파트너로
삼고 싶은 여성이 생기자 입양을 통해 딸로 들이는
방식으로 가족이 된다. 과연 비범한 사람들이다.

다시 킷사텐으로 돌아와서, 이 이야기의 주인공 오카모토 가노코에게 어느 날 비서가 말한다. “제 친척 아주머니가 긴자에 킷사텐을 여는데 이름 좀 지어 주세요.”
오카모토 가노코는 킷사텐에 모나미라는 이름을 붙이고 자신의 작품에서 모나미를 묘사한다. 소설 덕에 이름을 알린 모나미는 분점을 냈다. 긴자에서도, 신주쿠에서도, 히가시나카노에서도 모나미를 찾는 사람들은 문인이거나 화가이거나 평론가였다.
이렇게 킷사텐은 예술가에게 공간을 주고, 예술가는 킷사텐의 손님이 되었다.

감사한 선물 같은 공간

모나미라는 공간을 가장 잘 활용한 예술가는 오카모토 가노코의 아들 다로가 아니었을까.
오사카에 다녀온 여행자라면 엑스포 공원에 있는 ‘태양의 탑太陽の塔’이라는 이름을 들어 보았을 것이다. 독특한 형태의 이 대형 조형물은 〈짱구는 못말려クレヨンしんちゃん〉 극장판 애니메이션에도 등장한 적이 있다.
미야자와 겐지가 일본 문학계를 대표하는 작가라면 오카모토 다로는 미술계를 대표하는 작가로, 한국

도쿄 오모테산도에 위치한 오카모토 다로 기념관은 그가 84세로 세상을 떠날 때까지 창작을 이어 간 아틀리에 겸 거처였다. 사진 오카모토 다로 기념관岡本太郎記念館 제공.

〈내일의 신화〉는 시부야 지역을 대표하는 퍼블릭 아트 작품이다. 오랫동안 소재 불명이었다가 2003년 가을 멕시코에서 발견되었으며, 도쿄도 현대미술관을 거쳐 시부야에 자리 잡았다.

사람 누구나 백남준을 알듯 일본 사람 누구나 오카모토 다로를 안다. "예술은 폭발이다"라는 어록은 너무 유명한 나머지 개그감 가득한 유행어가 되기도 했다. JR 시부야 역 서쪽 출구와 마크시티를 연결하는 통로에 걸린 벽화 〈내일의 신화明日の神話〉도 다로의 대표작 중 하나다.

동경미술학교에 다니던 오카모토 다로는 아버지가 유럽으로 파견되었을 때 가족과 프랑스로 건너가 10년 동안 생활했다. 피카소를 접하며 자극을 받고, 몬드리안, 칸딘스키와 교류하며 작업을 이어 간 그는 일본에 돌아온 후에도 예술가들과 교류하고 싶어 했다.

다로는 종합예술운동연구회 '밤의 모임夜の会'을 만들어 예술가를 모은다. 모았다는 표현은 적절하지 않을 수도 있겠다. 회원도 회비도 규칙도 없이 참석하고 싶은 사람 아무나 참석해 발표와 토론을 나누는 자유로운 모임이었다니 말이다.

밤의 모임에서는 〈모래의 여자砂の女〉를 쓴 아베 고보, 2000년 광주비엔날레에서 〈예술과 인권〉 전시를

기획한 미술 평론가 하리우 이치로, 소설가 우메자키 하루오 등이 모여 리얼리즘, 대상주의, 반시대정신, 창조의 모먼트 같은 주제로 의견을 나눴다.
킷사텐이라는 공간을 공유하며 소설가들은 서로의 작품을 맞바꾸어 써 보기도 하고, 원래는 글을 쓰던 아베 고보는 영화라는 새로운 예술에 입문하게 되었다고 하니 모임과 공간은 예술가에게 신선한 공기를 불어넣어 주는 창작의 촉매가 되었던 것 같다.
이들이 모나미에 머물기 위해 필요했던 것은 오직 홍차 한 잔 값. 그 정도면 주머니 얇은 무명 예술가에게도 큰 부담은 되지 않았을 것이다. 오카모토 다로의 파트너 오카모토 도시코는 모나미를 '모이는 사람들에게 감사한 선물 같은 곳'이라고 했다.

히가시나카노 모나미가 역사 속으로 사라지기 전, 그 공간을 마지막으로 이용한 사람들 역시 글을 쓰는 사람들이었다. 1953년 2월 박웅걸이라는 작가의 〈압록강〉 출판기념회가 열린 데 이어 같은 해 8월에는 한국전쟁 휴전협정을 축하하는 재일조선인문학회 모임이 열린 것이다.
사람도 모임도 장소도 영원히 같은 모습일 수는 없는

1953년 모나미에서 동료 예술가들과 아트 클럽 창립 모임을 하는 오카모토 다로. 가와사키시 오카모토 다로 미술관川崎市岡本太郎美術館岡 및 오카모토 다로 기념관 岡本太郎記念館 소장 및 제공.

것일까? 처음에는 일본 제국주의 잔재에 맞서려고 만든 재일조선인문학회는 점차 북한의 체제와 사상을 대변하는 사람들의 모임으로 바뀌어 간다. 지금은 모나미의 모습도 재일조선인문학회의 모습도 모두 찾아볼 수 없고, 종이에 새겨진 그림과 활자에서만 옛 모습을 상상할 수 있다.

하지만 그림과 활자, 예술이라는 것은 참으로 크나큰 유산이다. 해가 수십 번 바뀌어도 다음 세대, 그다음 세대를 향해 끊임없이 가닿는다. 미야자와 겐지가 쓴 시도, 오카모노 가노코의 소설도, 오카모토 다로의 그림도 누구나 누릴 수 있는 문화가 되어 다음 세대에 남았다.

그중에는 킷사텐의 지분도 몇 퍼센트쯤은 있지 않을까. 킷사텐에 들어앉아 킷사텐의 가치를 생각하고 있자니, 나도 이 공간에서 무언가 좋은 것을 만들고 싶어진다. 짧은 글이든, 서툰 그림이든, 한결 맑아진 기분이든 말이다.

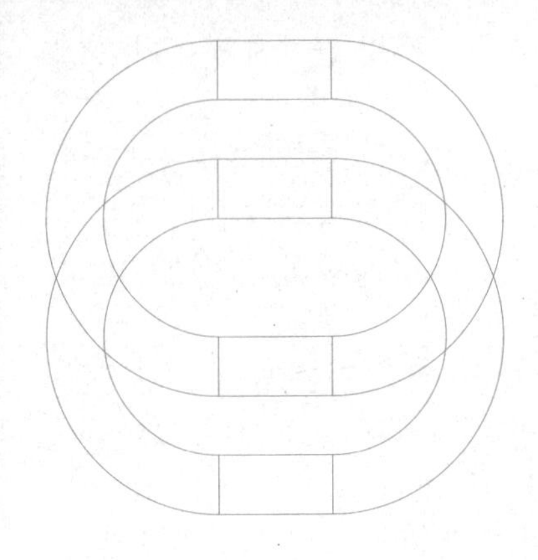

그 독립운동가가 신주쿠 킷사텐에 간 까닭은

나카무라야中村屋

크림빵의 원조、나카무라야

여행 이야기를 나누다 보면 각자 선호와 취향이 달라서 새삼 놀랄 때가 있다. 이를테면 나는 더운 날씨 때문에 동남아를 좋아하는데 내가 낳은 아이는 더운 날씨 때문에 동남아에 가는 것을 꺼린다. 같은 피가 흐르는데 이럴 수가 있나?
동일한 여행지를 좋아하는 사람이라 해도 이유를 알고 보면 영 딴판이기도 하다. 축구 때문에 런던에 가는 사람이 있는가 하면 일평생 축구장은 근처에도 가본 적이 없으며, 오로지 뮤지컬을 보기 위해 런던에 가는 사람도 있다. 일본도 마찬가지다. 등산하러 오는 사람, 애니메이션이 좋아서 오는 사람, 라멘 먹으러 오는 사람까지 한 비행기를 탄 승객이라도 누구 하나 같은 사람이 없다.
그래서 블로그에서 "도쿄에서 어디가 제일 좋아요? 꼭 가야 할 곳 순위를 알려 주세요!" 하는 요청을 받으면 반대로 내가 질문을 해야 할 상황에 놓인다. "평소에 어떤 걸 좋아하세요?" 하고. 여행지에서 꼭 가야 할 곳 순위는 우리 개개인이 누구이며, 무엇을 좋아하는지에 따라 달라질 수밖에 없으니 말이다.

어쩌면 우리 각자를 즐겁게 해 줄 여행지 우선순위는 나를 가장 잘 아는 사람인 나만이 매길 수 있는 것인지도 모르겠다. 내가 도쿄에서 가고 싶은 장소는

대부분 킷사텐이고, 가끔은 전시회이며, 무엇보다
중요한 키워드는 빵이다.
빵지 순례를 위해 대한민국 방방곡곡을 돌아다니는
여행자가 있는 것처럼 나도 빵을 위해서라면
어디로든 출동할 준비가 되어 있다. 특히 '원조 빵집'
같은 궁서체 간판에는 콧김을 뿜으며 돌진한다.
예를 들면 긴자에 가면서 단팥빵 원조 기무라야,
피자 토스트 원조 베니시카, 소금빵 원조 팡 메종을
빼놓을 수 없고, 카레빵을 처음으로 만들어 냈다는
빵집 카토레아를 찾아 스미레강 건너 고토구까지
가보기도 한다. 그런가 하면 신주쿠에서는 노랗고
향기로운 커스터드 크림빵 원조집을 찾는다.
크림빵을 처음으로 만든 사람은 신주쿠 나카무라야
창립자 소마 부부다. 나카무라야에서는 지금도
아침마다 크림빵을 구으니, 왕년에 크림빵 좀
먹던 사람이라면 신주쿠 나카무라야를 결코 그냥
지나칠 수 없을 것이다.

그런데 나카무라야는 그냥 빵집이라고 할 수는 없다. 신주쿠 역 A6 출구와 연결된 8층 규모의 나카무라야 빌딩에는 크림빵과 월병, 자체 제작한 레토르트 식품을 파는 식료품점과 함께 나카무라야가 운영하는 레스토랑이 두 개나 있다. 게다가 엘리베이터를 타고 3층으로 올라가면 나카무라야가 소장한 예술품을 한데 모아 전시하는 '나카무라야 살롱 미술관'도 자리한다. 알쏭달쏭한 이곳을 뭐라고 불러야 좋을까? 하나의 단어로 정의하는 것이 가능하기는 할까? 크림빵을 처음으로 만들었으니 빵집이 아니면 뭐란 말인지. 나카무라야의 간판 메뉴인 크림빵과 카레 뒤에 숨겨진 스토리를 찾아 신주쿠에 간다.

신주쿠에 생긴 첫 킷사텐

신주쿠에 발을 디디면 색색의 빛깔로 가득한 거대한 만화경 속으로 들어온 것 같은 기분이 든다. 온종일 사람들이 오가는 분주한 얼굴이 있는가 하면 밤마다 찾아오는 환락의 얼굴도 있다. 도심 한복판에는 도쿄판 센트럴파크라고 불리는 신주쿠 교엔이 고요한 정취를 풍기고, 관광지에서 한발 벗어나면 고요하고 차분한 주택가도 나온다. 이토록 다양한 얼굴을 지닌 신주쿠를 하나의 색깔로만 표현하기는 어렵다. 마치

나카무라야처럼.
기노쿠니야 서점 바로 맞은편에 있는 나카무라야는 신주쿠에서 가장 오래된 가게다. 유명한 식당이자 식품 기업이자 미술관이기도 한 나카무라야는 한때 시대의 한복판에서 예술을 키워 낸 후원자와 같은 킷사텐이었다.

나카무라야가 크림빵을 개발한 것은 나쓰메 소세키가 좋아했던 그 킷사텐, 아오키도 때문이다. 나가노에서 상경해 도쿄대 아카몬 앞에 가게를 낸 소마 부부는 서양의 커피점 같은 곳을 만들고 싶었지만 이미 아오키도가 있어서 커피만으로는 승부를 볼 수 없었다. 그래서 커피보다는 빵에 더 많은 힘을 실었는데, 우리네 어르신들이 "옛날에는 빵집에서 남학생 여학생이 미팅을 했어. 너희 할아버지도 거기서 만났잖니. 호호호" 하고 회상하시는 것처럼 한때는 빵집도 카페나 킷사텐 같은 역할을 했다. 혼고에서 첫 6년을 보낸 나카무라야는 신주쿠로 가게를 옮겨 간다. 도쿄 서쪽 변방이었던 신주쿠에 사람과 자원이 모이기 시작한 것은 긴자가 관동대지진으로 폐허가 된 이후였으니, 나카무라야는 신주쿠가 번화가가 되기 훨씬 이전부터 자리를 지킨 가게라고 할 수 있다.

지금은 먹고 마실 곳이 넘치는 신주쿠이지만 그때는 달랐다. "신주쿠에는 제대로 된 킷사텐도 하나 없고 식사할 장소가 없어요. 음식도 좀 팔아 주세요" 하는 손님의 제안에 나카무라야는 정식으로 킷사실을 만들고 식사 메뉴를 더한다.
일본 킷사텐이 우리의 다방과 약간 다른 점은

'킷사메시'라는 음식이 있다는 점이다. 나폴리탄 스파게티, 필래프, 카레 같은 요리는 킷사텐 주방의 단골 메뉴이고, 식사를 하기 위해 킷사텐을 찾는 사람도 많다.
킷사실에서 카레 냄새가 풍기기 시작하자 나카무라야는 순식간에 카레 맛집으로 등극했고, 지금은 동네 마트에 있는 인스턴트 카레 코너에서도 나카무라야라는 이름을 흔히 볼 수 있을 만큼 카레로 명성이 자자해졌다.
나카무라야 카레 맛의 비결은 뭐니 뭐니 해도 인도인 사위. 한국인인 내가 끓이는 김치찌개가 일본인이 끓이는 김치찌개보다 맛있을 수밖에 없는 것처럼, 나카무라야 카레도 향신료를 잘 다루는 인도인의 레시피로 만들었다는 특별함이 있었다.

사랑과 혁명의 맛

신주쿠 거리를 분주하게 걷는 사람들 틈에서 나도 발걸음에 속도를 붙인다. 나카무라야에 가면 일단 지하 1층에 있는 본나Bonna부터 들른다. 크림빵을 사기 위해서다. 오후에는 크림빵이 다 팔려서 허탕을 치는 날도 많으니 크림빵부터 부지런히 확보할 수밖에.
빵이 든 종이봉투를 품에 안은 후엔 카레를 먹을 시간. 나카무라야에는 서양 요리를 하는 레스토랑

그란나Granna와 아시아 음식을 하는 만나Manna라는 레스토랑이 있는데, 카레는 주로 지하 2층에 있는 만나에서 맛볼 수 있다.

"순인도식 카레 하나 주세요" 하고 주문을 넣으면 잠시 후 커리 보트에 든 카레와 밥, 처트니가 나온다. 먹음직스러운 상차림과 솔솔 풍겨 오는 카레 향기에 숟가락을 드는 손이 바빠진다.
나카무라야 카레 맛은 어떨까? 소설가이자 역사가 시모자와 간은 도쿄일일신문東京日日新聞에 연재하던 〈미각극락味覚極楽〉이라는 에세이에서 이렇게 표현했다.

뼈가 있는 아주 담백한 닭이 꽤 많이 들어 있었다. 국물은 줄줄 흐르듯이 맑고 밥 위에 카레를 뿌리면 녹은 감자가 남아, 고기니 뭐니 하는 것은 각자 독립되어 있었고 향은 충분히 좋다. 처음 입에 넣으면 달콤한 느낌이 들고, 조금 있다가 매운맛이 든다.

— 시모자와 간, '진정한 맛은 뼈에真の味は骨に',
〈시모자와 간 전집 10子母沢寛全集 第10〉,
주오고론샤中央公論社, 1963

커리 보트에 담긴 카레는 점성이 적어 밥을 촉촉하게 적시고, 밥 위에 척 하고 올린 큼지막한 감자는 먹기 좋게 익어 입안에서 부드럽게 녹는다. 푹 끓인 닭고기에는 정말로 뼈가 붙어 있다. 음식에 닭 뼈 육수가 충분히 배어들었다는 의미다. 카레에 딸려 나오는 여섯 종류의 처트니도 별미다. 특히 나카무라야에서 직접 만들었다는 망고 처트니는 인도 현지와 꼭 닮은 맛을 낸다.

아대륙인 인도에는 자국인조차 다 알지 못할 정도로 방대한 카레 레시피가 존재한다. 기후와 지역에 따라 식재료가 다르고, 같은 지역이라 해도 어떤 종교 커뮤니티에 소속되었는지에 따라서 밥상에 오르는 요리가 다르기 때문이다.

인도 북동부 벵골 지역 출신인 나카무라야의 인도인 사위, 라시 비하리 보스는 닭고기 뼈에서 우러나는 풍미를 특히 중요하게 생각했다. 바로 그 특징이 나카무라야 카레에서 우러난 것이다.

그런데 보스는 왜 벵골을 떠나 일본에 왔고, 어쩌다 소마 부부의 사위가 되었을까?

사실 보스는 인도 독립운동가였다. 〈동방의 등불The Lamp of the East〉로 유명한 시인 타고르와 함께 영국에 맞설 무기를 찾아 일본에 입국했고, 입수한 무기를 인도로 보내려다 영국에 발각되어 일본에서 쫓겨날 위기에 처했다.

경찰의 눈을 속이고 몸을 숨긴 곳은 신주쿠 나카무라야. 당시 나카무라야는 국외로 망명한 인도 독립운동가들의 활동 거점이었다. 그런데 그 과정에서 소마 부부의 딸 도시코와 눈이 맞아 결혼까지 하고 말았다.

나카무라야가 카레를 '사랑과 혁명의 맛'이라고 소개하는 이유가 여기에 있다.

인도 독립운동가 비하리 보스와 나카무라야의 딸 소마 도시코 부부.

1909년 나카무라야를 창업한 소마 부부는 킷사텐 경영자이자 예술가 후원자였다. 2층 목조 건물이었던 나카무라야는 도시의 스카이라인이 바뀌면서 지금의 모습으로 변화했다.

나카무라야 킷사실에서 탄생한 카레. 신주쿠구 역사박물관에서 나카무라야 카레 모형을 전시할 만큼 역사가 깊다.

한국 독립운동가도 나카무라야에?

소마 부부 집에 기거했던 독립운동가는 인도인뿐만이 아니었다. 나카무라야는 1919년 3·1운동 때 작성한 기미 독립선언문을 일본에 배포한 장소이기도 하다. 민족 대표 48인 중 한 사람이었던 임규 선생은 기미 독립선언문을 품고 바다를 건너 도쿄에 간다. 도쿄에서 찾아간 곳은 조카 임정자가 여급으로 일하던 신주쿠 나카무라야였다. 소마 부부에게 거처를 제공받은 임규 선생은 나카무라야 방 한 칸에서 독립선언문 200통을 등사했고, 그 문서를 일본 수상과 의회, 학계와 언론사, 각국 공관에 발송했다. 크림빵이 구워지고 카레가 끓는 주방 뒤편에서 이런 일이 일어나고 있는지 누가 알았을까. 이곳의 진짜 명물은 음식이 아니라 어떠한 경계도 허들도 없이 다양한 식구를 들인 소마 부부라는 인물인지도 모른다.

지금의 우리에게 널리 알려지지는 않지만, 일제강점기 동아시아에서 중요한 인물이었던 예로센코※도 나카무라야에 살았다. 우크라이나와 러시아 국경

※ Vasilli Yakovlevich Eroshenko(1889~1952) 4세 때 시력을 잃은 에로셴코는 영국 유학을 거쳐 맹학교 진학을 위해 일본에 발을 딛는다. 평화주의자이자 세계주의자였던 그는 시와 동화로 자신의 사상을 전하며 일제강점기 동아시아 지식인에게 희망의 길을 보여 주었다.

도시에서 태어난 시각장애인 시인 예로셴코는 사람들이 제국주의에 스며들어 전쟁과 지배 속에 살아가기보다는 에스페란토◎를 통해 평화와 존중을 나누길 바랐다.
앞을 보지 못하는 시인이 지닌 깊고 너른 관점은 한국과 중국, 일본 젊은이들의 시야를 넓혔다. 루쉰은 예로셴코가 쓴 작품을 중국어로 옮겨 자국민에게 소개했고, 우리나라 동아일보에서도 에스페란토난을 개설해 예로셴코의 글 '세계의 평화'◇를 에스페란토어로 연재할 정도였다.

이상의 단편소설 〈지도의 암실〉, 염상섭이 동아일보에 연재한 소설 〈소하수록銷夏隨錄〉에도 예로셴코의 이름이 나온다. 예로셴코가 노동절 행사에 참여하다 일본에서 추방되고 중국 루쉰 집에 기거하게 되는 과정이 염상섭의 글에 담긴 것이다.

> 지금 생각나는 것은 십수 년 전에 동경에서 잠깐 만나본 예로셴코라는 노서아의 맹목청년盲目靑年이다. 그는 그의 주의主義로 인하여 고국에 용납되지 못하고 일본에서 추방되어 일시는 북경대학에 교편을 잡는다더니 또는 여기에서도 안주安住의 지地를 얻지 못한 유랑의 맹목청년이다.
>
> — 염상섭, 〈소하수록〉, 동아일보, 1929년 7월 17일

예로셴코가 일본에서 추방될 때 소마 부부는 정부에 항의하며 경찰서장을 고소하는 극강의 대응을 했다. 제국주의 시대에 공권력을 상대로 고소를 하는 일이 어디 쉬웠을까. 그럼에도 예로셴코가 다시 일본에

◎ 1887년 폴란드 안과 의사 자멘호프가 고안한 에스페란토Esperanto는 강대국 언어를 강요받지 않고, 평등하고 중립적인 언어로 소통하며 인류의 연대감을 강화하기 위해 만들었다. 미야자와 겐지, 오스기 사카에 등 깃사텐에 드나들던 작가와 진보 지식인 중에는 에스페란티스트가 많았다.

◇ 이 글의 원문은 모두 에스페란토어로 쓰였으며, 동아일보 1924년 10월 13·20·27일 자 등 3회에 걸쳐 연재되었다.

돌아오는 일은 일어나지 않았고, 고국에서도 환영받지 못한 평화주의자는 가난과 질병 속에서 죽음을 맞는다. 달콤한 크림빵 뒤에 숨겨진 쓰고 아린 사연이다.

아틀리에를 품은 킷사텐

그런 예로셴코의 모습을 담은 그림이 있다. 동시대를 살던 화가 나카무라 쓰네가 그린 '예로셴코 씨의 상エロシェンコ氏の像'은 지금도 도쿄 국립근대미술관에서 많은 관람객의 사랑을 받고 있는데, 이 그림을 그린 나카무라 쓰네는 소마 부부에게 아틀리에를 지원받은 '나카무라야의 화가'였다.

소마 부부는 신주쿠로 이사를 올 때부터 킷사텐 부지에 예술가를 위한 아틀리에를 만들었다. 처음에는 같은 고향에서 온 조각가 오기와라 로쿠잔※이 마음껏 창작할 수 있는 공간을 만들어 주기 위해서였다. 소마 부부의 지원을 받아 뉴욕과 파리에서 로댕의 조각을 접하고 돌아온 오기와라 로쿠잔은 나카무라야에서 근대 조각 작품을 만들며 일본 조각계의 흐름을 바꾸어 놓았다.

판화가와 서양화가 등 동료 예술가가 아틀리에를 함께 사용하면서 나카무라야는 예술가들의 집합소가 된다. 소마 부부는 아틀리에만 가지고는 성에 차지 않았는지 자택 토광을 개조해 연극인을 위한 무대를 만들었고,

※ 荻原碌山(1879~1910) 나카무라야에서 작품을 꽃피우고 나카무라야에서 사망한 조각가. 재일 교포 작가 서경식은 오기와라 로쿠잔의 대표작 〈갱부坑夫〉를 일본 근대 조각 작품 가운데 가장 좋아하는 작품으로 꼽았다.

예로셴코도 나카무라 쓰네 아틀리에를 찾아오곤 했다. 나카무라야의 예술가와 사상가들은 서로 영향을 주고받으며 자신의 세계를 구축해 나갔다.

도쿄 국립근대미술관에 전시된 '예로셴코 씨의 상'.

무대가 생긴 연극인들은 실험적인 전위연극에 도전한다. 소마 부부는 킷사텐의 경영자이자 예술가의 후원자였던 것이다.
조각가 오기와라가 서른두 살 나이로 세상을 뜬 후에도 소마 부부는 젊은 예술가들에게 아틀리에를 개방한다. 나카무라 쓰네 역시 마흔도 되기 전에 폐결핵으로 삶을 마감했지만, 이 아틀리에에서 탄생한 작품은 아직도 나카무라야 살롱 미술관에 머물고 있다.

크림빵도 샀겠다, 카레도 먹었겠다. 나카무라야 살롱 미술관에 작품을 보러 간다. 나카무라야와 인연이 있었던 예술가들의 작품을 주로 전시하는 미술관에서는 상설전과 더불어 한 해에 두 번 기획전이 열리는데, 관람 요금이 300엔으로 저렴해 식사한 후 간단히 둘러보기 좋다. 입장료를 내고 안으로 들어가면 가장 먼저 과자와 빵을

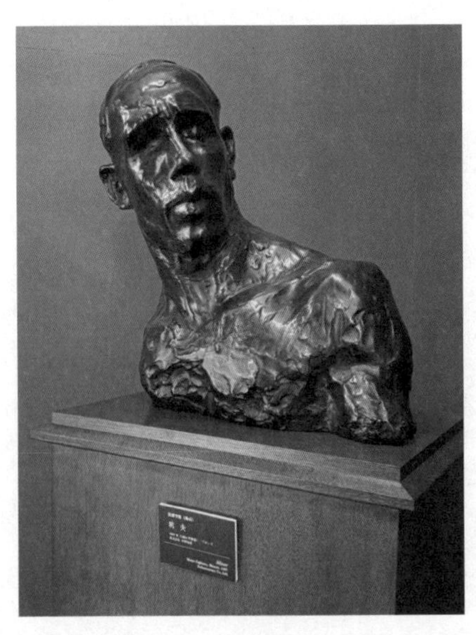

오기와라 로쿠잔의 〈갱부〉는 도쿄 국립근대미술관에서 원작을, 나카무라야 살롱 미술관에서 1954년 주조 작품을 감상할 수 있다.

싸서 손님에게 건넬 때 쓴 포장지가 전시되어 있다.
수많은 예술가가 기거하던 킷사텐인 만큼 포장지도
화가가 그린 작품을 사용했으니, 나카무라야는
손님이 접하는 빵 포장지까지 참 독특했구나 싶다.
전시 중에는 이곳 아틀리에에서 만든 회화나
조각도 있지만 NHK에서 다큐멘터리로 방영한
내용도 보인다. 나카무라야를 거쳐 간 예술가들이
아틀리에를 공유하면서 서로 부딪치기보다는 존경과
존중을 느꼈고, 인간과 인간이 연결되며 감정과
감정이 교류하는 경험을 나누었다는 것이다.
나카무라야에서 국적과 사상을 뛰어넘은 많은 사람이
만나고, 새로운 문화를 만들어 널리 퍼뜨렸다는
이야기를 들으며 킷사텐이 만들어 내는 것이 단지
커피만은 아니라는 사실을 다시 느낀다.

무엇이든 신주쿠의 무엇이든 가게

나카무라야는 도대체 뭐 하는 곳일까. 형형색색의
성격과 다양한 면면을 알면 알수록 한마디로
정의하기 어려워지는 곳이 신주쿠이고
나카무라야라는 생각이 든다.
도쿄로 상경해 빵과 커피를 만들다가, 요리 좀
해 달라는 요청에 카레를 만들다가, 조각가와 화가가

쓸 아틀리에를 만들다가, 토광을 개조해 연극인이 설
무대를 만들다가, 인도 독립운동가와 러시아
시각장애인 시인에게 방을 내주기까지 한 소마 부부는
어떤 경계도 없는 자유로운 사람들이 아니었을까.
이 넓은 도쿄에서 독립운동가 임규 선생이 큰일을
준비한 장소가 하필 나카무라야였던 것도 누가 무엇을
하든 일단 밀어주고, 본인들이 하고 싶은 일도 다 하고
보는 나카무라야 특유의 문화 때문인지도 모르겠다.

나카무라야의 음식도 그런 소마 부부를 닮았다.
번역가이자 소설가 요시다 겐이치는 나카무라야를
'무엇이든 가게'라고 불렀다.

A 코스라든가 뭐라든가 하는 것을 시키면 먼저
자쿠스키(러시아식 전채)가 나오고, 그다음에 보르시치,
그다음에 볼 오방(고기나 생선으로 페이스트리 속을
채운 요리), 그런 다음 카레라이스, 마지막으로는
광둥풍의 볶음밥을 가져오는 식이다. 식후에 월병도
가져왔던 것 같다.

— 요시다 겐이치, 〈향연饗宴〉,
〈미식문학대전美食文学大全〉, 신초샤, 1979

러시아와 인도와 중국 모두가 담긴 코스 요리라니.
독립운동가 임규 선생이 온 이후로는 조선 솔잎을
넣은 카스텔라를 만들었다고 하니, 나뿐만 아니라
옛 손님들도 나카무라야를 뭐라고 해야 할지 몰라
무엇이든 가게라고 부를 수밖에 없었던 것 같다.

지금의 나카무라야도 똑같다. 한 빌딩 안에서 다루는

음식 종류가 무궁무진하다. 서양 요리, 태국 요리, 중국 요리, 인도 요리, 크림빵, 월병, 수십 종의 과자와 젤리까지, 없는 게 없다.
음식 종류뿐만 아니라 종이 상자 안에 낱개 과자 몇 개를 밀봉해 넣는 포장법도 나카무라야가 가장 먼저 개발했다고 하니, 나카무라야를 보면 하고 싶은 건 다 하는 자유로움이 재밌어서 웃음이 터져 버릴 때도 많다.
그러나 이러한 나카무라야의 후원 덕분에 태어났을 그림, 조각, 연극을 생각하면 '무엇이든 가게'에 진지한 박수를 보내고 싶다. 신주쿠 하면 나카무라야이니, 신주쿠에서는 나카무라야에 꼭 가야 한다. 나카무라야에서 크림빵과 카레를 맛보는 일은 신주쿠와 킷사텐이 지닌 오색찬란한 스토리를 맛보는 것과 같으니.

사카모토 류이치와 무라카미 하루키의 공통점

더그DUG
후게쓰도風月堂

신주쿠로 말하자면 재즈

편집자 아버지와 모자 디자이너 어머니 사이에서 태어난 소년이 있었다. 소년이 다니는 유치원은 집에서 멀리 떨어져 있어 혼자서 버스와 지하철을 갈아타고 등원했는데, 시부야에서 환승할 때면 극장에 들러 영화를 보고 가는 굉장한 어린이였다. 유치원에서 얼떨결에 피아노와 작곡을 경험한 소년은 초등학교 때도 중학교 때도 공부가 아닌 피아노에 빠져 살았지만 고등학교만큼은 꼭 신주쿠 고등학교에 들어가고 싶어 했다. 좋아하던 여자아이의 오빠가 그 학교에 다녀서라나.
“네 성적에 그 학교는 무리야”라는 선생님 말씀에 오기가 생겨 딱 한 달간 공부했는데 원하는 고등학교에 합격! 고등학생이 된 후로는 “다녀오겠습니다” 하고 집을 나와 신주쿠 음악 킷사텐에 틀어박혔다. 집에서 싸 온 점심 도시락까지 음악 킷사텐에서 까 먹고, 학교는 듣고 싶은 수업이 있을 때만 잠깐 나갔다가 다시 음악 킷사텐으로 돌아오는 생활이었다.
유치원 때부터 영화관에 가고 학교보다 음악 킷사텐에서 더 많은 시간을 보낸 이 소년의 정체는 사카모토 류이치다.

고등학교에 들어간 후로는 신주쿠 재즈 킷사를 돌아다녔습니다. 당시 신주쿠에는 DIG라든지

DUG라든지 모쿠바木馬라든지 전부 서른 곳 정도
있었습니다만 일단 전부 가 보자고 생각했습니다.
매일 혼자서 수업이 끝나면 제복과 제모를 쓴
모습으로 재즈 킷사에 가서 재즈를 듣고, 그때까지는
별로 마셔본 적도 없는 커피를 마셨습니다. 4월 안에
그 서른 개 킷사 모두를 답파했습니다.
처음 재즈를 들은 건 아마 중학교에 들어가기 전
라디오 간토 심야 방송이었던 것으로 생각합니다.
그때 보사노바를 만나거나 기쿠치 마사부미라는
이름을 알게 되었지만 중학생이던 때는 이상하게도
재즈는 거의 듣지 않았습니다. 고등학교에 들어가서
다시 재즈를 듣게 되었다고 하는 건 역시 신주쿠라고
하는 지역색 때문이라고 생각합니다. 신주쿠로
말하자면 재즈, 라고 하는 식의 확신이 있었습니다.

—사카모토 류이치, 〈음악으로 자유로워지다
音楽は自由にする〉, 신초샤, 2009

신주쿠로 말하자면 재즈. 사카모토 류이치는
신주쿠 킷사텐에서 학창 시절을 보냈고, 뮤지션이
될 사람에게 음악 킷사는 학교보다 더 학교 같은
공간이었다.

문화와 예술의 인큐베이터

고등학생이 된 사카모토 류이치가 신주쿠에 제대로 발을 들이고 재즈 킷사를 발견한 날처럼, 도쿄를 여행한 사람이라면 누구나 신주쿠와 처음 만난 날이 있을 것이다. 나와 신주쿠의 첫 만남은 '북 앤드 베드'라는 호스텔이자 카페에 가기 위해서였던 것으로 기억한다. 공간 전체가 거대한 책꽂이 같다고 해야 할까? 바닥부터 천장까지 수백 권의 책이 촘촘하게 꽂혀 있고, 이층 침대까지 책으로 둘러싸여 있는 책 호스텔이 호기심을 자극했다.
그런데 그곳이 하필이면 가부키초에 있는 바람에 책 구경 갔다가 환락가 구경을 아주 실컷 했다. 말로만 듣던 '무료 안내소'와 미심쩍은 호객 행위로 들썩이는 신주쿠는 볕 좋은 공원에서 식빵 굽는 고양이나 주택가를 느리게 달리는 자전거를 좋아하는 나에게는 너무나도 요란한 자극이었다.

어떤 사람과 스쳐 지나갈 때 가장 처음으로 접하는 것이 그 인격체를 둘러싼 겉모습일 수밖에 없듯 신주쿠라는 장소를 처음 스쳤을 때는 가장 눈에 띄는 한 장의 껍질만 보였다. 신주쿠의 첫인상은 확실히 현란했기에 "여기랑 친해져서 될 일인가?" 싶었다. 그런데 겉모습만 보고서 사람 내면의 깊이와 넓이를 다 알 수 없는 것처럼 장소도 마찬가지다. 유흥가라는 한 장의 레이어를 걷어 내고 신주쿠를 들여다보면 이곳을 이루는 면이 하나가 아니었음을 알게 된다.
그런 생각이 든 건 역시 킷사텐을 알아가면서부터다. 킷사텐을 매개로 신주쿠를 바라보면 "신주쿠에서 그런 일이 있었다고?" 하고 놀랄 만한 숨은 이야기가 드러나니 말이다. 신주쿠가 음악 킷사텐의 종합 선물 세트이며, 도쿄 현대 문화와 예술의 인큐베이터였다는 사실을 알면서부터는 이곳을 그저 흥청망청한 환락가라고 단정 짓기엔 조금 미안한 마음이 든다. 그러고 보면 킷사텐이야말로 커피 한 잔으로 일본의 다양한 면면을 발견하게 하는 거리의 안내소인지도 모르겠다.

아방가르드 예술가의 킷사텐

사카모토 류이치가 소년이던 때 신주쿠에는 재즈 킷사만 서른 곳이 넘었다고 하니 음악 킷사를 다 합하면 얼마나 더 많았을까. 음악 킷사는 현존하는 음악의 장르만큼이나 갈래가 가지가지다.
재즈가 나오면 재즈 킷사, 클래식이 나오면 명곡 킷사, 샹송이 나오면 샹송 킷사, 탱고가 나오면 탱고 킷사, 포크가 나오면 포크 킷사. 신주쿠에는 우타고에歌声 킷사도 있다. 우리말로 직역하면 '노랫소리

다방'이라는 뜻을 지닌 우타고에 킷사는 마스터가 틀어 주는 노래를 듣는 곳이 아니라 손님이 직접 합창하는 킷사텐이다.
크레파스 색깔보다 다양한 음악 킷사 중에서도 신주쿠 역사에 길이 남을 킷사텐을 딱 하나만 꼽아야 한다면 무조건 후게쓰도다. 똑같은 이름의 화과자 브랜드가 있지만 이 후게쓰도와 그 후게쓰도는 다르다. 신주쿠 후게쓰도는 명곡 킷사로 시작했지만 나중에는 모든 종류의 음악과 미술, 문학까지 다룬 도쿄 역사상 전무후무한 킷사텐이다.

원래는 제빵사였던 후게쓰도 마스터는 미군이 우려내고 버린 커피 찌꺼기에 사카린을 섞은 음료를 곁들여 내며 킷사텐을 열었다. 그는 취미로 모은 SP 레코드를 수동 축음기로 들려주었는데, 음악을 들을 수 있다는 입소문에 손님이 모여들자 찬송가부터 전자음악까지 일본에 수입되는 LP가 있으면 모두 모았다. 나중에는 NHK 방송국에서 "틀고 싶은 음악이 있지만 레코드가 없어서 그러는데 좀 빌려 갈 수 있을까요?" 하고 찾아올 정도였다. 한때 일본 전역에서 가장 많은 음반을 보유한 곳으로 이름을 알린 음악 킷사 후게쓰도는 벽면을 미술관처럼 활용했다. 2층 건물의 한쪽 벽면은 5m 높이로 탁 트여 대형 회화도 전시할 수 있을 만큼 컸다. 후게쓰도는 미술 평론가를 모셔 와서 전시 기획을 맡기는 동시에 전위적인 추상화를 그리는 젊은 작가들에게 벽면을 무료로 제공했다. 작품을 발표할 공간에 목말라 있던 신인 작가들은 돌아가면서 작품을 전시할 기회를 얻었고, 후게쓰도는 작품 해설을 담은 리플릿까지 손수 만들어 손님에게 나눠 주었다. 신주쿠 킷사텐이 작가에게는 작품을 발표할 공간이 되고,

손님에게는 도쿄에서 가장 새로운 예술을 접하는 공간이 된 것이다.
음악과 미술이 끝이 아니라, 시인도 모여들었다. 전위 예술가들이 모이는 킷사텐답게 시인 손님들은 모더니즘 시를 만들었다. 시를 '썼다'라고 표현하지 않는 이유는 이 시인들이 후게쓰도에서 발표한 시가 때로는 오브제를 촬영한 사진이고, 때로는 영화였기 때문이다. 시가 어떻게 영화가 되는지는 후게쓰도에서 열린 〈소리와 목소리에 의한 시音と声による詩〉 발표회를 보면 알 수 있다. 후게쓰도의 시인들은 장난감 피리 소리, 시계 소리, 전화벨 소리, 문소리, 컵 두드리는 소리, 뺨을 치는 소리 같은 것들을 틀어 주면서 그것을 '시네 포엠'이라고 명명했다. 설사 시를 쓰더라도 시각화된 도형으로 표현했다.

후게쓰도가 거대한 창작실 역할을 할 수 있었던 데는 마스터가 큰 영향을 주었다. 그는 손님과 손님이 자연스럽게 교류하는 과정에서 서로의 창작 욕구를 자극하고, 새로운 예술을 촉발하는 킷사텐을 만들고 싶어 했다. 그래서 1층 좌석은 식탁 형태가 아니라 대형 벽면을 향해 일렬로 줄지어 앉는 형태로 꾸몄다. 모르는 사람 옆에 앉아 그 사람과 음악이나 그림에 관한 대화를 할 수밖에 없는 구조였다. 소설 〈반딧불이의 묘火垂るの墓〉를 쓴 노사카 아키유키, 〈청춘의 문青春の門〉이라는 장편소설로 유명한 이쓰키 히로유키, 〈가출 예찬家出のすすめ〉으로 한국에도 반향을 일으킨 데라야마 슈지, 사노 요코를 데뷔시킨 소설가 미키 다쿠를 비롯해 예술 전 분야에서 활약하는 손님들이 후게쓰도에 모였다.

신주쿠 정중앙에서 일본 킷사텐 문화의 정점을 찍은 가게는 왜 사라졌을까? 후게쓰도는 신주쿠이기에 탄생했고, 신주쿠이기에 저물었다. 일본을 소개하는 영문판 가이드북에서 '일본의 그리니치빌리지 카페'라는 수식어를 단 후게쓰도는 국내외 미디어의 주목을 받으며 도쿄 관광 코스가 된다.
후게쓰도는 역설적으로 너무 높아진 인기 때문에 폐점한다. 손님이 없어서 폐점하는 곳은 많이 봤지만 손님이 많아서 폐점했다는 얘기는 여기 말고는 들어 본 적이 없다. 전위예술을 했다던 손님들처럼 후게쓰도는 마지막까지 참 독특한 킷사텐이었다.

주오도리 후게쓰도中央通り風月堂, 1946, 신주쿠 역사박물관新宿歴史博物館 소장 및 제공.

일본에서 가장 유명한 재즈 킷사

후게쓰도가 사라진 신주쿠에서 여전히 문화 공간으로 활약하고 있는 킷사는 역시 음악 킷사다. 사카모토 류이치가 재즈 킷사 중 가장 좋아했다는 피트 인Pit Inn도 아직 남아 있다. 사카모토 류이치는 여러 지점 중에서도 라이브를 들려주는 킷사가 아닌 음반을 들려주는 킷사를 좋아했다고 하는데, 지금의 피트 인은 킷사텐이라기보다는 라이브 하우스에 가깝다. 그러니 신주쿠에서 꼭 한번 가 보아야 할 재즈 킷사는 더그가 아닐까.

조용한 공간에서 음악 감상 자체에 무게중심을 둔 디그DIG로 시작해 손님 간의 가벼운 대화도 허용하는 더그가 되기까지, 반세기 넘는 세월 동안 신주쿠를 지킨 재즈 킷사 & 바 더그는 피카딜리 시네마 바로 옆에 있다.
바쁘게 움직이는 사람들을 요리조리 지나서
한 사람이 겨우 들어갈 수 있을 만큼 작은 문을
열어젖히면 아래로 향하는 가파른 계단이 보인다.
발끝의 감각에 집중하며 조심조심 몇 계단을
내려가니 커피 냄새와 담배 냄새가 동시에 풍겨 온다.
재즈 킷사다운 공기다.
요즘 들어 점점 많은 식당이 금연을 선언하면서
이제는 대부분의 킷사텐에서 재떨이를 볼 수 없다.

JAZZ GIANTS
豪華限定本
中平穂積

하지만 주인과 단골손님이 "커피와 담배가 함께 있는 장소야말로 킷사텐이지!" 하고 입을 모은다면 그곳은 흡연 공간으로서의 정체성을 지킨다. 나는 금연 킷사텐을 선호하기는 하지만 흡연 킷사텐의 존재에 불만은 없는 편인데, 내가 비흡연자라고 해서 도쿄에 있는 모든 킷사텐에 비흡연자를 위한 공간이 되라고 요구할 수는 없을 것 같아서다. 다양한 장소에서 다양한 형태로 다양한 손님을 맞는 것이 킷사텐에 더 잘 어울린다.

계단 끝에는 사방이 갈색 벽돌로 둘러싸인 아늑한 공간이 이어져 있고, 쨍한 채광 대신 은은한 조명이 불을 밝힌다. 가게 한가운데에는 ㄷ자 형태의 바에서 연세 지긋한 마스터와 젊은 직원이 손발을 맞춰 가며 음료를 만든다.

식탁은 원반 같은 원형 테이블, 모서리가 둥그스름한 테이블, 뾰족하게 각진 테이블, 널빤지처럼 길쭉한 테이블, 물결 모양 테이블까지 모양도 참 가지가지다. 의자도 다들 자기가 생기고 싶은 대로 생겼는데, 생김이 전혀 다른 부부도 긴 세월 한솥밥을 먹다 보면 닮아 간다는 말이 있는 것처럼 통일감 없는 각각의 요소가 이상하게 조화롭다.

"몇 분이세요?"라는 질문에 "한 명이요!" 하고 답하니 "죄송해요. 지금 만석이라서 그런데 합석은 어떠세요?" 하고 묻는다.

안내받은 곳은 대여섯 명이 앉을 수 있을 것 같은 둥근 테이블. 음료를 주문하는 동안 합석 테이블에는 손님이 두 명 더 늘었다. 새로운 손님이 하필 한국 드라마 이야기를 하길래 입이 근질근질해져 대화에 불쑥 끼고 말았는데, 말을 터 보니 30년 전부터

계단을 오르내리는 발소리,
사람들의 말소리, 책장
넘기는 소리, 얼음 잔 흔드는
소리가 음악과 뒤섞여 재즈
킷사텐의 소리를 완성한다.

더그에 오던 어머니가 처음으로 20대 딸과 함께 왔다고 한다.
"30년이나요? 재즈를 굉장히 좋아하시나 봐요" 하는 내 감탄에 "여기는 마니아도 많지만 마니아만 오는 데는 아니에요. 신주쿠에서 한숨 돌리고 싶을 때 들어와서 음악을 들으면 차분해지거든요"라는 대답이 돌아왔다. 옆에 앉은 중년 남자 손님도 "그렇죠. 그러다가 차츰 좋아지기도 하고. 여기 창업자도 대학교에 들어오면서 처음 도쿄에 왔는데, 재즈 킷사를 경험하고 너무 좋아서 학교는 안 가고 재즈 킷사만 가다가 가게를 열었대요" 하고 몇 마디 거든다. 고개를 들어 카운터석을 보니 그곳에서도 우연히 옆에 앉은 사람들끼리 이야기를 나누고 있다. 메뉴를 고민하는 두 청년에게 백발 할아버지가 추천하고 싶은 음료를 하나하나 알려 주는 모습이다. 손님이 직원 같고, 직원도 원래 단골손님이었던 노포 킷사 특유의 관계성이 재미있다.
킷사텐 중에는 모든 손님을 만족시킬 수 있는 음악은 없다고 판단해 어떤 음악도 들려주지 않는 곳이 있다. 반면 음악을 커피나 차보다 더 중요하게 여기는 킷사텐도 있다. 재즈 포토그래퍼인 마스터가 1961년에 개업한 더그는 재즈를 좋아하는 사람은 물론, 전혀 모르는 사람도 편하게 드나들 수 있는 공간이다.

무라카미 하루키
재즈 킷사 주인은

20대에서 80대까지 연령대는 제각각이지만 하나같이
편안한 얼굴로 공간에 녹아든 사람들을 바라보며
무라카미 하루키의 소설 〈노르웨이의 숲ノルウェイの森〉을
떠올린다.

독일어 수업이 끝나고 우리는 버스를 타고 신주쿠
거리로 나가 기노쿠니야 서점 뒤편 지하에 있는 더그에
들어가 보드카 토닉을 두 잔씩 마셨다.
"가끔 여기에 와. 낮술을 마셔도 죄책감이
없으니까"라고 그녀가 말했다.
"낮부터 그렇게 술을 마셔?"
"가끔은" 하고 미도리는 유리잔에 남은 얼음을 소리
내어 흔들었다.

—무라카미 하루키, 〈노르웨이의 숲〉, 고단샤講談社, 1987

소설에서 '나'와 '미도리'는 더그에서 재즈를 들으며
술을 마신다. 평탄하지만은 않은 청춘을 살던 '나'에게
통통 튀는 미도리와 더그에서 보낸 시간은 어떤
의미였을까. 소설 속 주인공들은 늙지도 않고 영원히
그 시간에 머물러 있지만, 미도리가 현실에 존재했다면
더그의 연세 지긋한 손님 같은 모습이 아닐까 생각하며
음료를 홀짝인다.

무라카미 하루키는 왜 재즈 킷사를 등장시켰을까?
하루키야말로 사카모토 류이치 못지않게 재즈
킷사를 좋아하는 인물이다. 전업 작가가 되기 전에는
피터 캣ピーターキャット이라는 재즈 킷사를 운영하던
마스터였으니 말이다.

나는 대학 졸업 후 칠 년 정도 재즈 킷사 같은 걸
경영했기 때문에, 그 당시에는 거의 아침부터 밤까지
재즈를 들었다. 처음부터 조금이라도 더 오랫동안
재즈를 듣고 싶어서 그 장사를 시작했기 때문에
바쁘고 힘들어도 그 당시엔 전혀 힘들지 않았다. 그저
재즈가 울리기만 하면 그것으로 좋았다. 나도 젊었고
많은 면에서 낙천적이었다 "좋아하는 일을 하고
있으니까 그럭저럭 잘될 거야"라는 게 나의 기본적인
자세였다. 그리고 다행스럽게도 그때는 그런대로
잘되었다. 아무튼 나는 재즈로 날이 밝고, 재즈로 해가
저무는 생활을 보냈다.
가끔 라이브 연주를 한 탓에 젊은 음악인이 자주
가게에 놀러 왔고, 일이 끝난 뒤 그들과 함께 술을
마시며 아침까지 재즈 이야기를 나누기도 했다.
그곳에 재즈가 울려 퍼지고, 여럿이서 재즈 이야기를
하는 것만으로도 즐거웠다. 그들은 물론 가난했고,
나도 많은 빚을 떠안고 아침부터 밤중까지 일하며
살고 있었지만, 그래도 그런 생활에는 뭐랄까 멋이
있었던 것 같다.

—무라카미 하루키 저, 김진욱 역,
〈이윽고 슬픈 외국어やがて哀しき外国語〉, 문학사상, 2013

와세다대학교 무라카미 하루키 라이브러리에는 하루키가 재즈 킷사 마스터이던 때 사용했던 그랜드피아노와 음반이 전시되어 있어 그의 재즈 사랑을 엿보게 한다.

25세의 하루키가 운영하던 재즈 킷사 이름은 피터 캣. 기르던 고양이 이름에서 따왔다고 한다.

재즈가 좋아서 열세 살 때부터 레코드를 모았다는
하루키는 대학 시절 아내와 결혼하면서 재즈 킷사를
시작한다. 당시 일본 대학생 사이에서는 회사에
취직하는 것은 타락이라는 인식이 널리 퍼져 있어서
취직이 아닌 킷사텐 경영을 선택했다는데, 작가
데뷔 후 몇 년간 킷사텐 운영을 병행했지만 글에 더욱
몰두하기 위해 전업 작가 되기로 한다. 나중에라도
생활이 어려워지면 다시 재즈 킷사를 하려고 했지만
책이 잘 팔려서 킷사텐 마스터로 돌아오지 못했다고.
대신 작품에 재즈 킷사를 등장시키고 있으니,
무라카미 하루키는 킷사텐 마스터가 아닌 작가의
방식으로 재즈 킷사를 사랑하고 있는 것 같다.

더그에서 걸어서 30분이면 갈 수 있는 하루키의 모교,
와세다대학에서도 재즈에 그의 대한 애정을 엿볼 수
있다. 무라카미 하루키 라이브러리 전시실 중 하나가
'재즈의 방'이라고 불러도 좋을 만큼 훌륭한 재즈
감상실 역할을 하기 때문이다.
한 장 한 장 손수 모은 레코드에 'Peter-cat'이라는
글씨와 함께 고양이를 그려 넣은 무라카미 하루키.
그와 사카모토 류이치는 사회를 바라보는 관점이나
소신 있는 발언까지 닮은 점이 꽤 있지만, 또 하나의
공통점은 두 사람 모두 신주쿠 재즈 킷사를
좋아했다는 것이 아닐까.

타임즈
タイムズ

한국 젊은이들이 을지로에 남아 있는 다방을 찾아가는 것처럼 일본 젊은 층에도 '레트로 순회' 문화가 있다. 신주쿠 타임즈는 중·장년층 손님은 거의 찾아볼 수 없는, 20대 손님이 대부분인 킷사텐이다. 1980~1990년대 한국 다방을 쏙 빼닮은 타임즈에 들어가면 입구에서부터 공중전화와 신문 뭉치가 보인다. 손님층이 바뀌어도 매일 새로운 일간지를 가져다 놓는데, 오히려 이런 요소가 스마트폰 시대에 태어난 손님을 이끄는 색다름인 듯하다. 많은 킷사텐이 금연을 선언하거나 흡연·금연 공간을 분리해 손님을 받는 데 비해 타임즈는 전 좌석 흡연 문화를 고수한다. 그래서 흡연 킷사텐을 찾는 손님에게도 꾸준한 인기를 얻고 있다.
빈틈없이 빼곡한 테이블은 옆자리에 앉은 낯선 사람과도 동행처럼 가까이 붙게 만들어 합석 아닌 합석을 한 듯한 기분이 들고, 테이블 위에 놓인

거대한 재떨이는 새로운 손님이 들어올 때마다 빠르게 교체된다. 자욱한 담배 연기와 말소리가 섞여 내부는 언제나 만석이다. 가게 밖에서는 타임즈에 들어오려는 손님이 줄을 잇는다. 도쿄에는 시대에 맞게 변화해 인기를 끄는 킷사텐이 있는가 하면 신문부터 담배까지 아무것도 바뀌지 않아서 인기를 끄는 킷사텐도 있다. 타임즈는 확연한 후자다.

신주쿠 역 동쪽 출구에서 도보 2분

매일 08:00~22:00 (금·토요일은 24:00까지)

전석 흡연

세이부
西武

신주쿠를 대표하는 준킷사 세이부는 천장 장식이 독특한 킷사텐으로 유명하다. 보통은 창문이나 전등에 쓰이는 스테인드글라스로 천장 전체를 꾸몄는데, 2023년 여름 새 건물로 이사를 가면서도 천장에 가장 공을 들였다. 일본 국회의사당과 교토 국제회의 센터를 장식한 일본 스테인드글라스 장인, 마쓰모토 스테인드글라스에 천장 장식을 부탁한 것이다.
또 하나 유명한 것은 이곳의 의자. 모켓 체어モケット チェア라는 이름을 지닌 세이부의 빨간 소파는 '가챠가챠'라고 불리는 뽑기 장난감으로도 만들어졌다. 1964년에 문을 열어 반세기 넘는 시간 동안 손님을 맞으며 이곳의 작고 사소한 것들이 손님들에게 소중한 추억의 일부가 된 것이다.
몇십 년 단골만 찾는 킷사텐은 아니다. 푸딩 아라모드나 파르페 같은 레트로 디저트를 맛보려는 발걸음이 끊이지 않고, SNS에서 활발하게 언급되며 새로운 손님이 줄을 잇는다. 신주쿠 킷사텐의 특징은 젊은 세대에게 특히 인기가 많다는 것. 새로운 자리에서 시작될 세이부의 시즌 2가 기대된다.

세이부신주쿠 역에서 도보 4분, 신주쿠 역에서 도보 5분

매일 11:00~23:30

전석 금연

다지마야 커피점 본점
但馬屋珈琲店 本店

신주쿠 서편을 대표하는 킷사텐. 전쟁으로 불탄 들판에 세운 시장에서 유래한 선술집 거리 오모이데요코초思い出横丁 초입에 있다.
커피 한 잔이 300엔이던 시절에도 다지마야는 500엔을 받았는데, 뛰어난 원두를 선별하고 직접 로스팅해 좋은 품질을 유지하기 위해서였다고 한다. 그런 점을 높이 평가받아 신주쿠에만 네 개 지점이 있고 기치조지에도 분점을 냈다.
다지마야에는 1층과 2층 모두에 카운터 자리가 있어 단골손님과 직원이 도란도란 이야기를 나누는 모습을 흔히 볼 수 있다. 커피색을 닮은 벽과 앤티크한 스테인드글라스 전등은 이 자리에서 지난 60년간 커피를 내려 온 다지마야의 어제를 보여 주고, 2층 계단 끝 배전실에서는 로스팅이 부지런히 이루어지는 다지마야의 오늘을 보여 준다.

신주쿠니시구치 역 도보 1분, 신주쿠 역 서쪽 출구에서 도보 3분

매일 10:00~23:00

전석 흡연

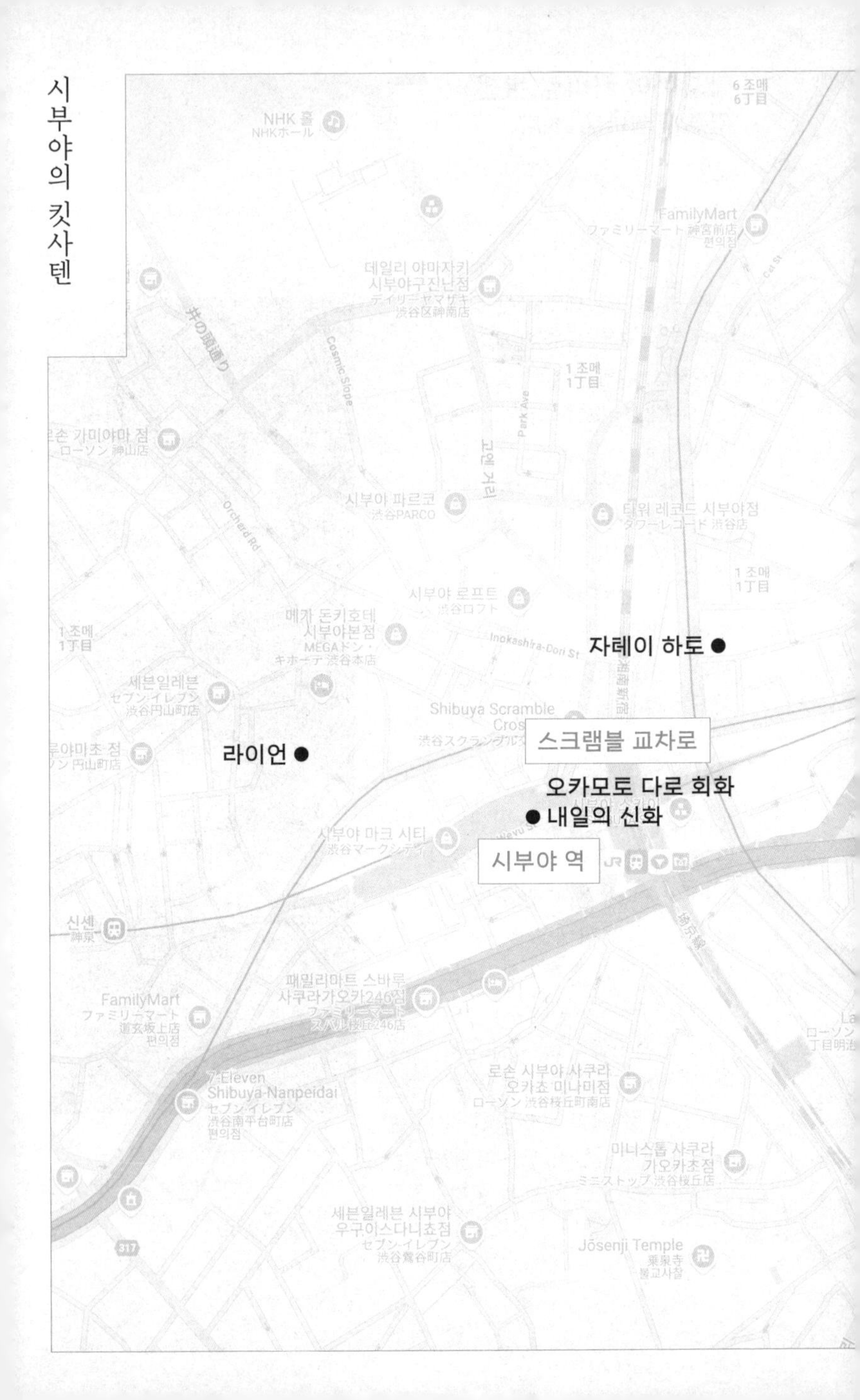
NHK 홀
NHKホール
6 조메
6丁目
FamilyMart
ファミリーマート 神宮前店
편의점
데일리 야마자키
시부야구진난점
デイリーヤマザキ
渋谷区神南店
井の頭通り
Cosmic Slope
1 조메
1丁目
Park Ave
로손 가미야마 점
ローソン 神山店
고엔 거리
시부야 파르코
渋谷PARCO
타워 레코드 시부야점
タワーレコード 渋谷店
Orchard Rd
1 조메
1丁目
시부야 로프트
渋谷ロフト
메가 돈키호테
시부야본점
MEGAドン・
キホーテ 渋谷本店
Inokashira-Dori St
자레이 하토
1 조메
1丁目
세븐일레븐
セブン-イレブン
渋谷円山町店
Shibuya Scramble
스크램블 교차로
라이언
오카모토 다로 회화
내일의 신화
시부야 마크 시티
渋谷マークシティ
시부야 역
신센
神泉
埼京線
패밀리마트 스바루
사쿠라가오카246점
ファミリーマート
スバル桜丘246店
FamilyMart
ファミリーマート
道玄坂上店
편의점
7-Eleven
Shibuya-Nanpeidai
セブン-イレブン
渋谷南平台町店
편의점
로손 시부야 사쿠라
오카초 미나미점
ローソン 渋谷桜丘町南店
미니스톱 사쿠라
가오카초점
ミニストップ 渋谷桜丘店
세븐일레븐 시부야
우구이스다니초점
セブン-イレブン
渋谷鶯谷町店
Jōsenji Temple
乗泉寺
불교사찰
317

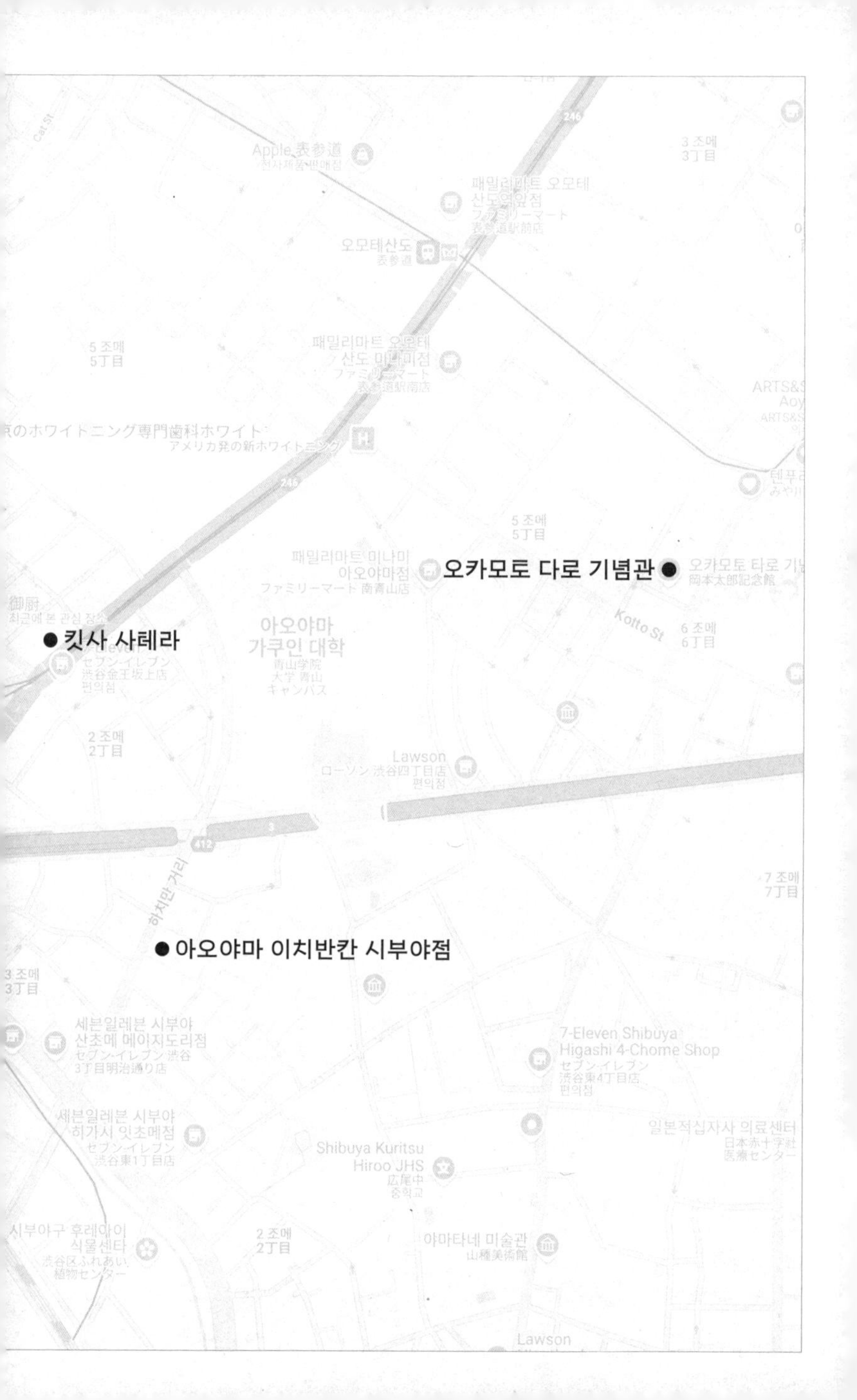

킷사 사테라
오카모토 다로 기념관
아오야마 이치반칸 시부야점
Apple 表参道
오모테산도
表参道
패밀리마트 오모테산도역앞점
ファミリーマート
表参道駅前店
패밀리마트 오모테산도 미나미점
ファミリーマート
表参道駅南店
패밀리마트 미나미아오야마점
ファミリーマート 南青山店
오카모토 타로 기념관
岡本太郎記念館
아오야마 가쿠인 대학
青山学院
大学 青山
キャンパス
Kotto St
Lawson
ローソン 渋谷四丁目店
편의점
하치만 거리
세븐일레븐 시부야 산초메 메이지도리점
セブン-イレブン 渋谷
3丁目明治通り店
세븐일레븐 시부야 히가시 잇초메점
セブン-イレブン
渋谷東1丁目店
7-Eleven Shibuya Higashi 4-Chome Shop
セブン-イレブン
渋谷東4丁目店
편의점
일본적십자사 의료센터
日本赤十字社
医療センター
Shibuya Kuritsu Hiroo JHS
広尾中
중학교
시부야구 후레아이 식물센터
渋谷区ふれあい
植物センター
야마타네 미술관
山種美術館
5 조메
5丁目
2 조메
2丁目
3 조메
3丁目
6 조메
6丁目
7 조메
7丁目

명곡 킷사에서는 말하지 않아도 좋아요

라이언ライオン

생각대로 되지 않는 것이 여행

어릴 때부터 지도 보는 것을 좋아했다. 나에게 지도 보기는 책상에 앉아서 할 수 있는 가장 즐거운 일탈이자 오락이었다. 사막은 어떻게 생겼는지, 툰드라는 또 어떤 모습인지, 지평선이라는 걸 실제로 보면 어떤 기분일지. 여행에 대한 내 상상이 비도 바람도 없는 진공 상태였다는 것은 배낭을 메고 길바닥에 나앉아 본 후에 알았다. 막연한 기대 속 여행은 온통 근사한 일로만 가득했는데, 실제로 떠나온 여행엔 희喜와 락樂만 있는 것이 아니었다. 여행 중에 화나는 일, 실망스러운 일, 난처하고 당황스러운 일이 얼마나 많은가.

예약하고 갔는데도 “어머, 방이 없네? 다른 사람 줘 버렸어. 미안. 다른 데 알아봐” 했던 스리랑카 숙소 주인. 로맨틱한 신혼여행지라는 몰디브에서는 로컬 섬으로 가는 배에서 폭풍우를 만나 인생이 끝나는 줄 알고 대성통곡했으며, 인도에서는 소똥을 밟았는데 머리 위에 새똥까지 떨어지는 똥 2단 콤보를 경험했다. 나열하기 시작하면 끝도 없는 이야기다.

예상치 못한 노怒와 애哀 앞에서 처음에는 “좋으려고 온 여행인데 이게 뭐야? 다 망친 것 같아” 하며 씩씩댔지만 이제는 속상하거나 아쉬운 일도 여행의 일부라는 걸 안다.

집에 돌아와 시금치나물을 무쳐 먹으면서 그런 생각을 했다. 시금치도 남해안에서 겨울 해풍을 사정없이 맞으며 자란 노지 시금치가 제일 똘똘하니 맛있다.
온도와 습도가 완벽한 비닐하우스에서 바람 한 점
맞지 않고 자란 시금치는 고생 좀 한 시금치 맛을
따라가지 못한다.
이상하게도 오래오래 기억되는 여행의 맛은 예상치
못한 일 앞에서 만난 희로애락이 두루 버무려진
맛이다. 뜻대로 되지 않는 여행도 기대와 다른 여행도
그냥 다 여행이다.

멸종 위기를 맞은 명곡 킷사

시부야 라이언에 처음 간 날도 여행이 겨울 해풍을
맞은 날이었다. 기대와는 다른 실망 앞에 아쉬움이 큰
날이었다고 할까.
사연은 이렇다. 나는 도쿄에서 명곡 킷사에 가고
싶었다. 명곡 킷사는 이름 그대로 음악을 틀어 주는
킷사텐으로, 여기에서 말하는 명곡은 클래식 장르를
뜻한다. 클래식의 C 자도 모르지만 명곡 킷사에 가고
싶었던 이유는 몇 년 전 시아버지와 했던 대화가
기억에 남아서였다.
킷사텐이 화제에 오른 어느 날, 여든에 가까운
시아버지는 "킷사텐은 커피를 파는 곳이지만 커피만
파는 곳은 아니야. 문화 취향과 취미가 맞는 사람들이

모이는 곳이 킷사텐이지" 하며 말문을 열었다.

어르신들이 아직 청년이고 킷사텐도 노포가 되기에는 젊은 가게였던 때, 사람들은 지금처럼 많은 물건을 소유하고 있지 않았으며 모든 것이 귀했다. 음악을 들려주는 기계도 마찬가지였다. 지금 우리는 누구나 스마트폰을 갖고 있고 원하는 모든 순간에 음악을 들을 수 있지만 과거에는 음악을 들으려면 고가의 특별한 장비가 필요했으니 말이다.
그렇다고 해서 음악을 안 듣고 살 수 있냐 하면 또 그렇지는 않았다. 축음기와 음반을 소유하지 않아도 음악을 들을 수 있는 곳. 음악 킷사텐은 이름 그대로 '음악을 듣기 위해 마련한 문화 공간'으로 태어났다.
"음악 듣는 게 좋은 사람은 좋은 오디오 기기가 있는 킷사텐에 갔어. 모두가 비싸고 성능 좋은 음향 기기를 사서 누리기는 어려우니 킷사텐에 모여 서로가 좋아하는 음악을 권하고 접했지. 피아노가 있는 킷사텐에는 피아노 연주를 듣거나 피아노를 치고 싶은 사람들이 모였어. 더 재밌는 건 TV 킷사야. 옛날엔 집집마다 TV가 없었다는 얘기 들어 봤지? 하다못해 TV를 보고 싶을 때도 TV 킷사에 갔어. 정말이야. 우리 집 앞에 있던 킷사텐 이름은 코히 테레비였어."
모든 것이 넘쳐흐를 만큼 풍족한 시대에 살면서 간단한 검색만으로 음악을 틀고, 조금 듣다 마음이 바뀌면 다음 곡으로 넘긴다. 넘기고 또 넘겨도 심심한 날도 있다. 무언가 보고 싶어 넷플릭스에 들어갔는데 전부 다 재미없게 느껴져 이것 조금 저것 조금 보다 마는 날이 그렇듯, 넘치는 풍요는 무언가를 진중하고 조심스럽게 아껴 듣고 보는 마음을 앗아 간 것 같다.
그런데 명곡 킷사는 한 곡 한 곡 아껴 듣는 마음을

보존하고 있는 공간 같았다. 명곡 킷사의 오랜 룰만 봐도 그렇게 느껴졌는데, 음악을 듣는 기회가 드물고 소중했던 시절의 사람들은 침묵이라는 규칙을 만들고 지켰다. "음악을 듣는 동안 우리 잠시 말은 하지 말자. 공연 볼 때도 말 안 하잖아" 하고.

지금의 명곡 킷사는 어떤 모습일까? 가정용 오디오를 넘어 개인용 음악 플레이어가 보급된 1980년대부터 명곡 킷사는 급격하게 줄어들었고, 지금 자리를 지키고 있는 명곡 킷사 대부분은 도쿄에 있다. 바꾸어 말하면 도쿄는 명곡 킷사의 매력을 느끼기에 가장 좋은 도시라는 뜻이다.

도쿄에서 처음으로 찾아간 명곡 킷사는 SNS를 중심으로 크게 주목받는 곳이었다. 가게에 들어가기 위해 최소 한 시간은 줄을 서야 할 정도이고, 회전율을 높이기 위해서인지 주말 오후에는 식사 메뉴를 팔지 않을 정도로 손님이 많다고 소문이 났다. 얼마나 좋길래 그렇게 인기일까 싶어서 나도 얼른 인파 꽁무니를 따라 줄을 섰다.

긴 행렬이 차츰차츰 줄어들고 드디어 내 차례가 되어 입장했을 때, 〈미녀와 야수〉에 나오는 벨과 야수가 춤을 춰도 이상하지 않을 만큼 번쩍이는 샹들리에가 가장 먼저 눈에 들어왔다. 지하 1층과 2층을 통째로 터서 만든 개방감 있는 공간은 클래식 음악의 웅장함을 담은 것처럼 화려했다.

홍차와 케이크를 주문하고 명곡을 좀 들어 보려는데, 어? 명곡 킷사텐인데 명곡이 들리지 않는다. 내 귀에 들어오는 소리는 음악이 아닌 대화 소리. 음향 효과를 부각하기 위해 소리가 울리게 설계한 듯한 실내에는 수십 명의 말소리와 사진 셔터 소리, 라이브 방송하는 소리만 공기를 타고 쩌렁쩌렁 퍼졌다. 소리는 가까운 곳에서 먼 곳까지 증폭되는 것 같았는데, 일행 목소리가 잘 들리지 않아서인지 손님들은 어쩔 수 없다는 듯 데시벨을 점점 높였다.
이런 상황에 음악 볼륨을 올리면 대화 소리가 더 커질 것을 예상해서인지 음악은 존재감이 희미할 정도로 작게 들려왔다. 일본에서 이렇게 소란스러운 공간을 본 적이 있었던가. 이런 곳이 명곡 킷사텐이라니 어리둥절했다.

개인 기기로 음악을 듣는 일이 당연해진 지금, 우리는 음악을 듣기 위해 카페를 찾지는 않는다. 서로의 음악 감상을 위해 목소리를 낮출 일도 거의 없다. 다른 사람에게 낮은 목소리를 요구하는 대신 내가 노이즈 캔슬링 이어폰을 끼고 주변 소리를 차단하면 되니까. 어떤 킷사텐은 과거의 점포 분위기를 간직하고 있다는 것이 하나의 특선 메뉴이고 그 분위기를 사기 위한 손님의 발걸음이 줄을 잇는다. 나쁜 일은 아니다. 단지 음악을 위해 만든 킷사텐에서 음악이 실종된 것이 아쉬울 뿐.
어느 여름날 후지산을 보기 위해 먼 길을 갔다가 안개만 보고 온 날도 "그럼에도 안개가 멋져서 참 좋았다"라고 했지 이렇게 서운하지는 않았다. 조용조용 음악을 아껴 가며 듣는 명곡 킷사텐은 이제 완전히 멸종해 버렸을지도 모른다는 아쉬움이 겨울 해풍처럼 쓸쓸하게 불어왔다. 여행이 기대와 보기 좋게 어긋난 날이었다.

시부야에서 찾은 보석

발걸음을 돌리다 문득 '라이언에 가 보면 어떨까?' 하는 생각이 들어 시부야행 전철을 탄 것이 라이언과 나의 첫 만남이다. 100년이라는 시간을 버티고 서 있는 시부야 라이언은 수다를 떨어서는 안 되는 곳으로, 서로의 음악 감상에 방해가 될 수도 있기에 내부에서 사진이나 영상 찍는 것도 금지한다.
이미지나 영상 중심으로 정보를 주고받는 요즘 시대에 라이언은 어떻게 생긴 곳인지 머릿속에 잘 그려지지 않아서 문턱이 높게 느껴졌지만 명곡 없는 명곡 킷사를 경험하고 나니 라이언에는 어떤 음악이 흐르는지, 음악이 흐르긴 하는지 확인하고 싶어졌다.

북적이는 스크램블 교차로에서 유흥가인 도겐자카 쪽으로 5분쯤 걸으면 시부야의 뒷골목 햣켄다나가 나온다. 알딸딸하게 취한 사람들을 스치며 야트막한 경사를 따라 올라가면 한눈에 봐도 고풍스러운 건물 하나가 모습을 드러낸다.
바다 색을 담은 청색 기와와 크고 작은 돌로 꾸민

입구는 조용히 닫힌 문과 창문이 굳건히 지키고 있어서 내부가 전혀 들여다보이지 않는데, 이곳이 명곡 킷사라는 사실을 모르는 사람이라면 어떤 장소인지 추측도 하지 못한 채 그냥 지나쳐 갈 것 같다.
조심스레 문을 열고 들어가자마자 꽝 하고 귓가를 울리는 것은 음악! 자고로 인사를 건네는 말소리조차 조심스러워 "이랏샤이마세"도 외치지 않는 곳이 명곡 킷사텐이라고 했다. 손님에게 인사를 건네는 존재는 다름 아닌 음악이었다. 입구부터 마중을 나온 클래식 음악이 손님을 가게 안으로 이끈다.

음향이 빵빵한 영화 속으로 빨려 들어온 듯 신비한 기분에 휩싸여 주변을 두리번거리니 가장 먼저 창문이 눈에 들어온다. 여섯 장의 유리를 낀 반투명 창문은 외부의 빛을 적절하게 들이지만 바깥에서 안이, 안에서 바깥이 들여다보이지 않아 외부와 이어진 듯하면서도 단절된 분위기를 낸다. 시부야 정중앙에 자리 잡고 있지만 인파와 소음이 완전히 차단된 공간이라는 것이 창문만 봐도 느껴진다.
가장 인상적인 것은 공간 배치다. 모든 자리가 마치 작은 교회 예배당 혹은 소극장처럼 한쪽 면만 향하고 있고, 바로 그 앞에는 1층과 2층 벽면을 한가득 채우는 대형 스피커가 있다. 스피커가 곧 무대이고, 손님은 곧 관객인 듯한 구도다.
1층 자리도 2층 자리도 스피커를 향해 일렬로 배치되어 있어 동행과 함께 와도 나란히 앉아 앞을 향하게 되어 있다. 벽면을 빼곡하게 채운 것은 LP와 CD. 이걸 다 모으는 데 얼마나 오랜 시간이 걸렸을까? 긴 역사를 증명하듯 킷사텐을 빈틈없이 채우고 있는 음반을 보며 나도 모르게 라이언이라는 공간에

라이언은 1926년에
태어났지만 도쿄 대공습 때
한 차례 무너졌고, 1950년에
처음과 똑같은 건물을 다시
지어 올린 것이 오늘날에
이른다.

초대 마스터가 직접 그렸다는
라이언 로고. 라이언은 초대
마스터의 조카와 그 조카의
아들이 이어오며 100년 노포가
되었다.

2층 높이의 벽 한 면을 가득 채운 스피커와
1만 장이 넘는 레코드를 보면 경이와 경의가
동시에 느껴진다. 라이언 내부사진은
온가쿠노토모샤音楽之友社 및 포토그래퍼
구니이 미나코国井美奈子 제공.

압도되었다.
그러고 보니 몇 년 전에도 비슷한 장소를 경험한 적이 있다. 야마하 악기와 가와이 피아노의 고향인 하마마쓰시에서 간 클래식 카페가 딱 이렇게 생겼다. 모든 좌석이 스피커를 향하게끔 일렬로 늘어서 있고 일행과 함께 와도 마주 보고 앉을 수 없는 카페. 음악이 주인공이 된 특별한 느낌을 아주 오랫동안 잊을 수 없었는데 아니나 다를까 그 공간의 조상은 명곡 킷사텐이었다.
라이언의 스피커는 모두 열여덟 개. 그중에서도 대형 스피커는 기성품이 아니라 도시바에 특별 주문해 제작한 것이라고 한다. 오른쪽과 왼쪽 스피커의 크기가 약간 다른데, 왼쪽 스피커는 높은 소리를 내고 오른쪽 스피커는 첼로나 콘트라베이스처럼 낮은 소리를 내서 콘서트홀에 온 것 같은 현장감을 연출한다.

띄엄띄엄 떨어져 있는 손님 사이에 적당한 자리를 찾아 앉으니 직원이 메뉴판과 함께 종이 하나를 가져다준다. 하루 두 번 '정시 콘서트'라는 이름으로 라이언이 선곡한 음악을 내보낼 때 소개할 곡목이 적힌 종이였다. 그 밖의 시간에는 손님에게 부탁받은 신청곡을 틀어 주는데, 클래식 애호가나 알 만한 곡을 신청할 것 같지만 의외로 그렇지 않다. 중학교에서 배우는 베토벤, 모차르트, 쇼팽 곡이 가장 인기라고 하니 누구나 가벼운 마음으로 곡을 신청할 수 있을 것 같다.
명곡 킷사텐이야말로 커피를 팔긴 하지만 오로지 커피를 마시기 위해 찾는 공간이 아니라서 그런지 메뉴는 간결하다. 아이스커피를 시키니 원두를 굵게

혼자라도, 일행과 함께라도 좋다. 명곡 킷사에서는
무언의 소통이 이루어지는 경험을 할 수 있으니.

갈아 만든 넬 드립 커피가 나온다. 얼음에 차츰 녹아 들어가는 검고 진한 커피를 쭉 들이켜는 순간 곡이 끝나고, 직원 한 사람이 스피커 옆으로 나오더니 낮은 목소리로 음악 제목과 곡의 특징을 알려 주고서는 다시 조용히 사라진다. 조곤조곤 곡을 설명하는 목소리나 주문을 하고 받는 목소리 외에는 어떤 소란스러움도 느껴지지 않는다.

라이언의 특별한 손님들

라이언에 가기 전에는 명곡 킷사텐의 엄숙한 규칙이 왠지 무섭게 느껴졌다. 사람과 사람이 만나는 장소에서 대화가 이루어지는 건 당연한 일인데 말을 하지 말라니! 그런데 라이언을 처음 만난 날 바로 알게 되었다. 명곡 킷사는 손님과 더불어 음악이 주인공인 곳이며, 소통도 꼭 입을 열어 말로만 주고받는 것이 아니라는 사실을.
친구와 나란히 앉아 눈을 감고 선율에 귀 기울이고, 서로가 느낀 울림을 눈빛으로 전하며 감탄을 나누는 모습은 소통이 아니면 무엇이란 말인가. 같은 시간 같은 공간에 있는 사람들과 음악을 공유하는 일도 일종의 소통이다.
라이언의 손님들을 따라 나도 눈을 감아 본다.

어색하지만 좋다. 명곡 있는 명곡 킷사에서 이름 모를 사람들과 나란히 앉아 같은 공기를 타고 흐르는 음악을 들이쉬는 경험이 너무나도 좋아서, 그날부터 라이언은 내가 도쿄에서 가장 좋아하는 공간이 되었다. 명곡 킷사는 멸종하지 않았다!

라이언을 좋아하는 사람은 나 말고도 아주 많다. 현대 일본을 대표하는 극작가 베쓰야쿠 미노루※ 작품은 개인 서재가 아닌 도쿄 구석구석의 킷사텐에서 쓰는 것으로 유명한데, 다른 사람들의 기척이 적당히 들리지만 대화 내용까지는 알 수 없는 킷사텐을 작업실로 삼은 데는 이유가 있다. 적막한 방에서 혼자 글을 쓰면 자아도취가 심해져 다음 날 아침 다시 읽어 보면 도저히 눈 뜨고 볼 수 없을 만큼 나르시시스틱한 글이 되더라는 것이다. 우리에게도 종종 찾아오는 새벽 감성을 생각하면 무슨 말인지 이해가 간다.
라이언에서 함께 시간을 보낸 동료는 셰익스피어 연구가로 한국에서도 많은 번역서를 출간한 오다시마 유시. 영어 원작을 번역하는 작업을 많이 하는 오다시마 유시는 사전이며 자료를 잔뜩 짊어지고 다녔지만, 베쓰야쿠 미노루는 희곡을 창작하는 쪽이라 언제나 몸이 가벼웠다나. 두 사람이 라이언을 좋아한 이유는 커피와 음악으로 둘러싸여 서양풍 분위기를 풍기는 라이언이 추리소설과 잘 어울릴 정도로 독특한 분위기를 지니고 있었기 때문이라고 한다. 대화는 나눌 수 없어도 한 공간에서 함께 글을 쓰고 있다는 것이 서로에게 큰 의지가 되었을 것 같다.

그런가 하면 베쓰야쿠 미노루보다 예순 살이나 어린 배우 미쓰 사토시는 2층 창가 자리가 좋아서

※ 別役実(1937~2020) 일본 부조리극을 확립했다는 평가를 받는 극작가. 와세다대학에 입학했지만 등록금을 내지 못해 제적되고, 회사에 다니며 퇴근 후 킷사텐에서 작품을 썼다. 1968년 연극계의 아쿠타가와상으로 불리는 기시다국사희곡상岸田國士戲曲賞을 수상하면서 전업 극작가가 되었다. 한국에서 상연되는 작품도 많다.

매달 라이언에 가는 단골이다. 시부야 분카무라에 영화를 보러 다니다가 우연히 발견한 명곡 킷사에 못 박히듯이 매료됐다고 하는데, 그 후론 영화를 본 다음에 밀려오는 여운을 정리하기 위해 라이언을 찾는다고 한다. 아무것도 하고 싶지 않은 날에도, 대본을 읽거나 써야 하는 날에도 모두 잘 어울리는 곳이 라이언이라면서.
이제는 돌아가신 극작가 거장부터 채 서른도 되지 않은 창창한 배우까지 라이언은 참 오랫동안 많은 사람에게 사랑받았다. 그중에서도 가장 뜻밖의 손님은 황태자 시절의 나루히토 일왕이 아니었을까. 어느 날 킷사텐 앞에 온통 까맣게 칠한 자동차가 멈추길래 도대체 뭐 하는 차인가 했더니, 현악기를 전공하는 학우에게 라이언 이야기를 들은 나루히토 황태자가 내렸다고 한다. 지금도 모자를 눌러쓴 가수나 배우가 많이 찾아온다고 하니 어둑한 내부에 은은한 조명이 내려앉은 이 킷사텐에 또 누가 몰래 와서 앉아 있을지 아무도 모를 일이다.

그렇지만 라이언이 100년 동안 살아남을 수 있었던 일등 공신은 뭐니 뭐니 해도 평범한 손님들이 아닐까. 한 도시의 예술과 문화는 뛰어난 창작자가 혼자서 만드는 것이 아니라 그것을 향유하는 보통의 사람들이 함께 만들어 가는 것인지도 모르겠다. 음악을 좋아하고, 음악을 듣고 싶어 킷사텐을 찾는 이름 모를 손님 모두가 귀중한 존재라는 생각을 하며 라이언을 나선다.

킷사 사테라
喫茶サテラ

시부야 사테라는 생긴 지 5년도 되지 않은 어린 킷사다. 청년 바리스타는 왜 카페가 아닌 킷사텐을 열겠다고 생각했을까. 홍차가 든 티포트를 들고 온 직원에게 물었다.
"예전에 이 근처에 아오야마라는 오래된 킷사텐이 있었어요. 그런데 갑자기 사라지게 된 거예요. 너무 아깝잖아요. 그래서 아오야마에서 쓰던 가구나 소품을 저희가 물려받았어요. 킷사텐 문화를 물려받은 거죠."
오사카에 있는 킷사

스이게이喫茶水鯨에서도 이런 이야기를 들은 적이 있다. 가나자와현에 있는 킷사텐이 노후되어 철거될 상황이 되자 그곳에 있는 의자며 전등을 양도받아 새롭지만 오래된 킷사텐을 열었다는 것이었다. 새 카페를 만드는 일보다 킷사 문화를 다음 세대에 알리는 일을 하고 싶다는 젊은이가 오사카에도 도쿄에도 있다. 좁고 긴 형태의 킷사 사테라는 기차 식당 칸을 연상하게 한다. 대형 카페와는 다른 종류의 매력을 풍기는 아늑한 공간을 아오야마 때부터 쓰던 통꽃 모양 전등, 호박색 조명, 시폰 소재의 짧은 커튼이 차분하게 채우고 있다. 커피도 커피지만 사테라에서 호평받는 음식은 바로 푸딩! 길쭉한 푸딩을 한 숟갈 뜨면 단단한 질감이 느껴진다. 탱글탱글한 젤라틴 푸딩이 아니라 밀도 높고 묵직한 푸딩이다. 푸딩 맛있다는 소문이 자자할 만하다.

시부야 역에서 오모테산도 방면으로 도보 7분

목요일 08:00~19:00, 금요일 11:00~18:30·19:00~22:00, 토요일~수요일 11:00~19:00

전석 금연

아오야마 이치반칸 시부야점
青山壹番館 渋谷店

시부야에서 아오야마 가쿠인대학 방면으로 10분 정도 걸으면 여행자는 보이지 않고 현지인만 오가는 평범한 도쿄가 나온다. 학생과 주부, 유모차와 동네 어르신이 오가는 특별할 것 없는 풍경 속에 정통 킷사텐이 깃들어 있는데, 그곳이 바로 아오야마 이치반칸이다.
1970년대 문을 열어 2대째 이어 오고 있는 아오야마 이치반칸은 중후한 분위기와 독특한 의자가 멋진 킷사텐이다. 나무를 육면체 모양으로 깎아 만든 회전식 메뉴판도 이치반칸의 상징.
킷사텐과 함께 나이를 먹어 가는 가구와 소품에 대해 마스터는 "창업 때부터 소중히 사용하고 있어요"라고 말한다. 오래된 물건을 바꾸어야 할 대상이 아닌 소중히 다뤄야 할 대상이라고 보는 시선이 킷사텐 마스터답다.
단골손님의 애정으로 반질반질 윤이 나는 공간은 〈해러스먼트 게임ハラスメントゲーム〉과 〈목소리 걸!声ガール!〉 등 수많은 일본 드라마의 촬영지로 쓰여 눈길을 끈다.
동네 주민이나 주변 직장인이 많이 찾기에 점심시간에는 '서비스 메뉴'라는 이름으로 토스트와 커피를 저렴하게 제공하며, 차가운 우유에 바닐라 아이스크림과 커피 젤리를 섞은 젤리 크러시가 이곳 명물 메뉴다.

- 시부야 역에서 도보 8분
- 월요일~토요일 10:00~18:00, 일요일 휴무
- 금연석 있음 / 흡연석 분리

자테이 하토
茶亭 羽當

블루보틀 창업자 제임스 프리먼이 영감을 받은 장소로 유명하며 일본 서드웨이브 커피(생산과 소비 과정에서의 공정성을 고려하면서도 품질 높은 커피를 추구하는 새로운 흐름)의 발상지라는 평가를 받는다. 찻잔과 책과 장식품으로 꽉 찬 선반, 박물관에나 있을 법한 골동품 도자기, 사람 키만큼 큰 괘종시계, 테이블마다 크기와 모양이 다른 전등과 대형 꽃꽂이까지. 자테이 하토는 미술관 부설 카페에 온 듯한 느낌을 주는 킷사텐이다. 자테이 하토에서는 1989년 문을 열 때부터 바리스타로 일해 온 데라시마 씨가 지금도 정장을 갖추어 입고 커피를 내린다. 차와 커피뿐만 아니라 식기에도 공을 들였는데, 700점에 달하는 찻잔은 똑같은 디자인이 하나도 없어 손님의 옷이나 계절, 날씨와 잘 어울리는 것을 골라 준다고 한다. 추천 메뉴는 하토 블렌드, 오레글라세, 시폰 케이크.

- 시부야 역에서 도보 2분
- 매일 11:00~23:00
- 전석 금연 / 흡연 부스
- 자테이 하토는 자신이 주문한 음식 외에는 사진 촬영을 엄격하게 금지하고 있어, 사진을 찍으려는 움직임을 보이면 직원에게 주의를 받을 수 있다.

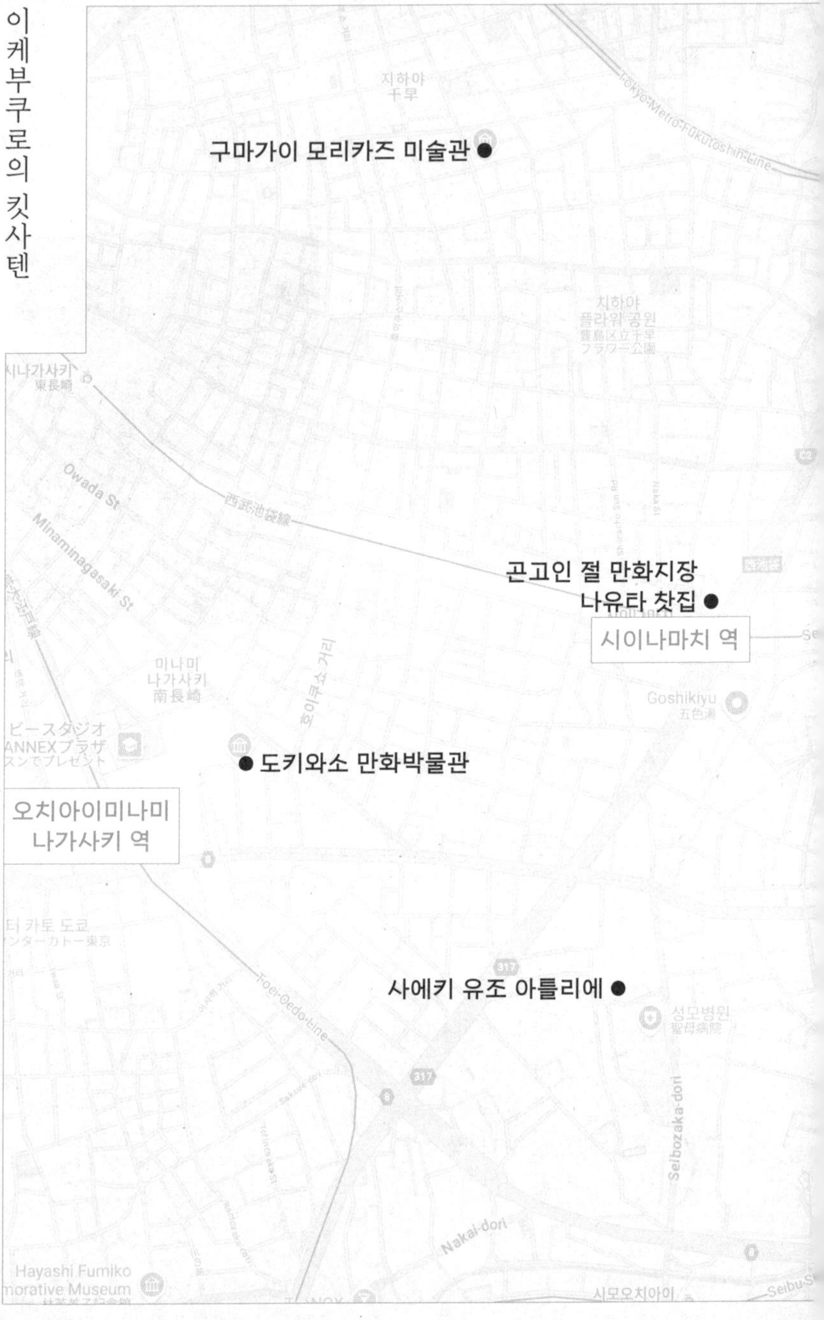

구마가이 모리카즈 미술관

곤고인 절 만화지장

나유타 찻집

시이나마치 역

도키와소 만화박물관

오치아이미나미
나가사키 역

사에키 유조 아틀리에

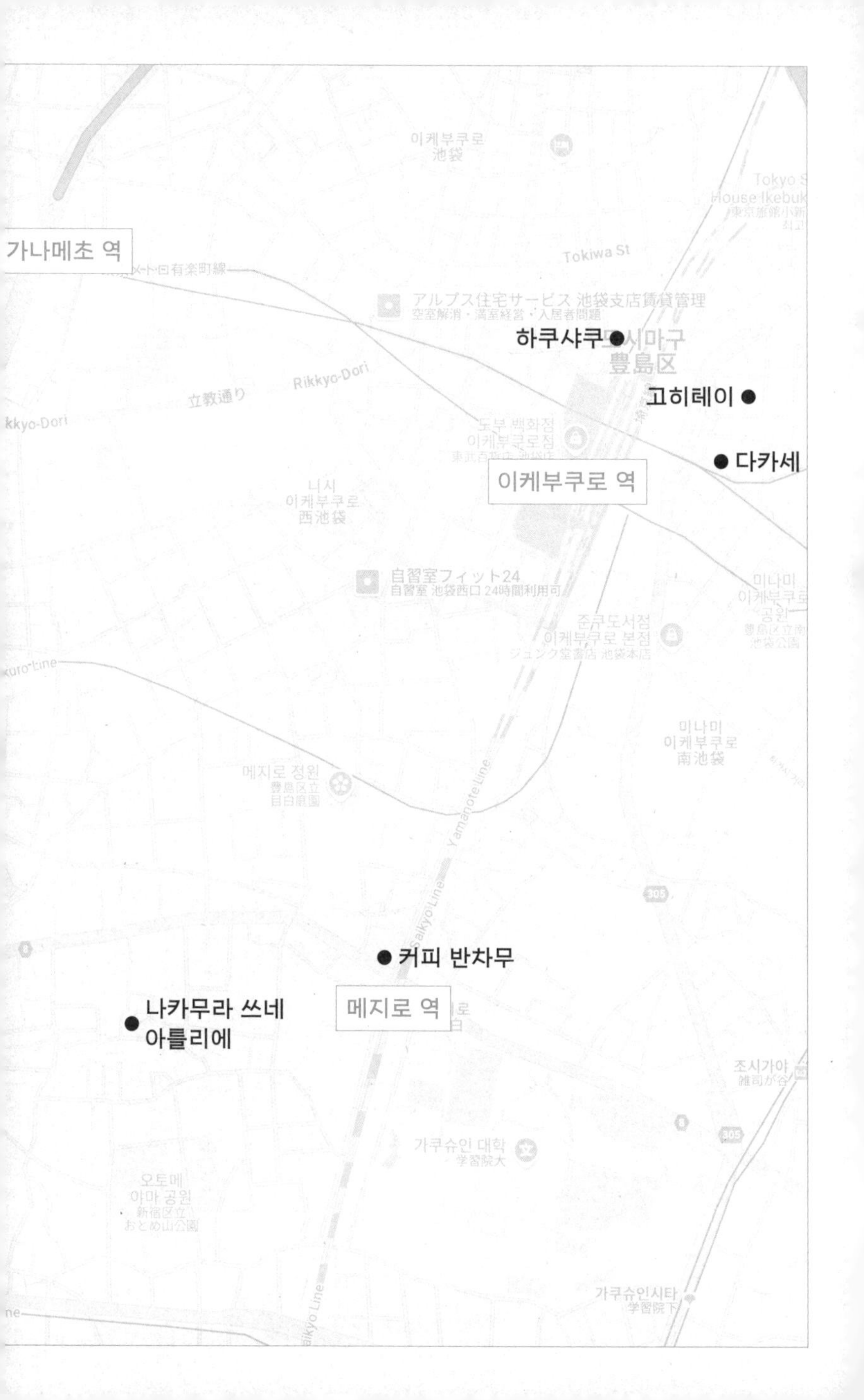

이케부쿠로
池袋
Tokyo S
House Ikebuk
가나메초 역
Tokiwa St
アルプス住宅サービス 池袋支店賃貸管理
空室解消・満室経営・入居者問題
하쿠샤쿠
豊島区
고히테이
Rikkyo-Dori
立教通り
kkyo-Dori
도부 백화점
이케부쿠로점
東武百貨店 池袋店
다카세
이케부쿠로 역
니시
이케부쿠로
西池袋
自習室フィット24
自習室 池袋西口 24時間利用可
미나미
이케부쿠로
공원
豊島区立南
池袋公園
준쿠도서점
이케부쿠로 본점
ジュンク堂書店 池袋本店
미나미
이케부쿠로
南池袋
메지로 정원
豊島区立
目白庭園
Yamanote Line
305
Saikyo Line
커피 반차무
나카무라 쓰네
아틀리에
메지로 역
조시가야
雑司が谷
가쿠슈인 대학
学習院大
오토메
야마 공원
新宿区立
おとめ山公園
가쿠슈인시타
学習院下
Saikyo Line

화가와 만화가, 그리는 사람들의 킷사텐

릴리옴リリオム

고히테이皇琲亭

에덴エデン

몽파르나스 이케부쿠로

지난겨울 창원 문신미술관에서 친구를 만났다. 항구가 한눈에 내려다보이는 산등성이를 오르며 부산에서 온 친구는 "꼭 작은 부산 같네"라고 했고 나는 "큰 통영 같은데" 하며 작가가 남긴 조각과 그 조각을 품은 바다를 바라보았다.
작은 부산 같기도, 큰 통영 같기도 한 고장에 흔적을 남긴 조각가 문신※은 규슈 출신으로 일본인 어머니와 한국인 아버지 사이에서 태어나 창원에서 자랐다. 스무 살이 되기도 전에 밀항을 감행해 도쿄미술학교 서양화과에 입학한 문신은 일본에서 혼자 일하면서 그림을 배웠는데, 그때 한국에 계신 아버지께 보낸 쌈짓돈이 모여 문신미술관이 자리 잡은 땅이 되었다. 미술관에서는 문신이 생전에 남긴 조각과 그림은 물론 생애도 소개한다. 도쿄에서 유학 생활을 하던 문신은

※ 文信(1922~1995) 프랑스에서 · 예술문화기사 훈장을, 한국에서 금관문화훈장을 받은 조각가이자 화가.

1943년 일본 유학 시절 문신이 그린 자화상.

이케부쿠로에 살았다고 한다. 그 시절에 그렸다는 자화상을 보며 '문신도 이케부쿠로 몽파르나스 화가 중 한 사람이었구나' 하는 생각이 스쳤다. 문신의 친구이자 동료였을 이케부쿠로 화가들과 그들의 작업실이자 전시회장이었다는 소박한 킷사텐 이름도 떠올랐다.
그 후로 이케부쿠로 킷사텐에 앉아 거리를 지나는 사람들을 보면 문신미술관에서 본 젊은 문신의 자화상이 생각난다. 이케부쿠로에서는 얼마나 많은 화가의 젊은 자화상이 그려졌을까?

이케부쿠로 몽파르나스에 밤이 왔다
학생, 불량배, 예술가가
거리에 나온다
그녀를 위해서
신경을 써라
별로 굵지도 않고
얇지도 않은
편히 쓸 수 있는 만큼의 신경을

—오구마 히데오, '이케부쿠로 풍경池袋風景',
선데이 매일サンデー毎日, 1938년 7월

시인이자 화가 오구마 히데오는 이케부쿠로를 몽파르나스에 비유했다. 모딜리아니, 피카소, 샤갈, 마티스 같은 화가가 파리 몽파르나스에 모여 산 것처럼 동시대 일본 화가는 이케부쿠로 주변에 모여 살아서였다.
화가들은 왜 이케부쿠로에 살았을까. 당시 도쿄 미술학교의 양대 산맥은 문신의 모교인

우에노 도쿄미술학교(현 도쿄예술대학)와
태평양화회연구소(현 태평양미술회)였다. 이곳에서
공부하는 미술학도는 원래 학교 주변에서 생활했는데,
도심에 도시마선 철로가 깔리면서 주거비가
치솟자 하나둘 우에노를 떠나 생활비가 적게 드는
이케부쿠로로 이사한다.
돈 걱정 덜고 작품에 전념할 수 있는 이케부쿠로가
예술가의 터전이 되면서 아틀리에 마을이 생겨난다.
한때 1000여 명에 달했다는 이케부쿠로 몽파르나스
예술가는 아틀리에 마을에서 마음껏 창작하고,
토론하고, 사랑하고, 싸우며 청춘의 밤을 보냈다.

물론 그들에게도 킷사텐이 있었다. 파리 몽파르나스
화가의 살롱이 카페 라 로통드La Rotonde였다면
이케부쿠로 몽파르나스 화가에게는 릴리옴이 있었는데,
쓰키지 소극장을 좋아하는 주인 부부가 쓰키지에서 본
헝가리 연극 〈릴리옴Liliom〉의 이름을 따서 킷사텐을
열었다.
화가들은 이 킷사텐에 '구멍'이라는 애칭을 붙였다.
예술가를 제대로 대우하지 않는 사회 분위기 속에서
영혼이 유일하게 안주할 수 있는 공간이라는 의미였다.
이케부쿠로에 공동 아틀리에를 만들고 작업하던
화가들이 작품을 선보일 공간이 필요할 때 릴리옴은
기꺼이 전시회장이 되어 주었다. 전시는 공들여 제작한
작품을 세상에 소개하기 위함이기도 했지만, 다음
그림을 그릴 물감값을 벌기 위해서이기도 했다.
그런 릴리옴은 1934년 여름, 국가를 위협하는 사상을
퍼뜨린다는 이유로 영업정지를 당하며 도쿄 지도에서
영영 사라진다.
"음악이 문학이 연극이, 온갖 화제가, 청년의 열정이

커피 향과 담배 속에 아지랑이처럼 피어올랐다"라는 마스터의 회상과 화가들의 작품만 남긴 채로.

고히테이
우아함과 근사함、

날씨 좋은 봄이나 가을, 이케부쿠로가 훌륭한 산책 코스가 되는 것은 예술가가 남긴 흔적 덕분이다. 이케부쿠로 역을 출발점으로 삼아 주택가 골목골목을 누비면 소규모 미술관과 아틀리에를 여럿 만날 수 있어, 도심 속 화가 마을을 여행하는 것 같다.
도쿄 속 몽파르나스를 찾아 이케부쿠로 역에 내리자 여러 채의 고층 빌딩이 누가 누가 더 큰지 키 재기를 하고 있다. 이케부쿠로가 가난한 예술가들이 살던 물가 싼 동네였다니. 돌아가신 문신 조각가가 지금의 이케부쿠로를 보면 우에노 못지않은 기세에 놀라지 않을까.
큼지막한 빌딩 사이에서 혼자 눈에 띄게 키가 작은 오래된 건물로 들어간다. 번쩍이는 간판 하나 없는 채도 낮은 건물과 역시 채도 낮은 간판. 킷사텐이 있는 곳이다. 내가 이케부쿠로에서 가장 좋아하는 킷사텐 고히테이는 다른 어떤 곳보다 우아함과 근사함이라는 단어가 잘 어울리는 공간이다.

고히테이는 1924년부터 커피를 수입하고
유통하는 회사 야마시타 커피가 직접
운영하는 킷사텐이다. 전 일본커피
검정위원회JCQA 생두 감정 마이스터가
상주하며, 가장 좋은 숯불로 로스팅한
원두를 주문과 동시에 갈아 핸드드립으로
내려 준다는 자부심이 있다.

새하얀 셔츠에 검은 넥타이를 매고 검은 앞치마를 두른 중년 직원은 옷차림에서부터 프로의 기운이 느껴지고, 도로를 향해 난 커다란 통유리창 앞에는 아키타현 고민가에서 가져온 목재 들보 위에 어림잡아도 200잔이 넘는 찻잔과 소서가 일렬로 놓여 멋을 돋운다.
천장과 벽은 아름드리 통나무 서까래가 튼튼하게 받치고 있다. 기둥 역할도 하는 서까래와 서까래 사이는 벽으로 막혀 있지 않아 시원한 개방감이 흐르고, 클래식 연주곡은 열린 공간 사이를 자유롭게 춤추며 귀를 편안하게 한다. 킷사텐 중에서도 조금은 격식을 차린 듯한 분위기지만 단골손님들의 목소리가 하도 명랑해서 분위기가 무겁지 않다.
고히테이의 대표 메뉴로 '호박의 여왕'이라고 불린다는 앙브르 드 렌을 마시며 이케부쿠로 아틀리에 산책 동선을 생각한다. 쌉싸름함과 부드러운 달콤함이 동시에 느껴지는 커피를 천천히 녹여 넘기며, 지도 위에 가고 싶은 아틀리에를 점으로 표시하고 선을 이은 후 신발 끈을 고쳐 매고 킷사텐을 나선다.

〈모리의 정원〉을 따라 아틀리에 마을로

매년 5월 이케부쿠로에서는 '회유미술관 回遊美術館'이라는 아트 페스티벌이 열린다. 장소는 딱히 정해져 있지 않다. 길거리, 학교, 관공서, 상점가와 백화점, 도쿄예술극장 등 이케부쿠로의 거의 모든 곳을 전시 공간으로 활용한다.
거리 어느 곳이든 미술관이 될 수 있는데, 이케부쿠로의 미술이 아틀리에 마을을 넘어 더 큰 거리로 나온 것이다.
회유미술관이 열리는 시기를 놓쳤다 해도 볼거리는 많다. 이케부쿠로 서쪽, 가나메초 역과 센카와 역 사이에는 구마가이 모리카즈 미술관이 있다. 영화 〈모리의 정원モリのいる場所〉 주인공인 바로 그 화가다.
백발 수염을 신선처럼 늘어뜨린 화가 구마가이는 그림도 유명하지만, 50세부터 이케부쿠로 자택에 살며 30년 동안 집 밖에 나가지 않은 독특한 인물로도 소문이 자자하다.
그저 정원 안에서 풀과 곤충을 관찰하며 천진난만한 그림을 남겼는데, 예술가로서 쌓은 높은 공을 인정한

구마가이 모리카즈 미술관. 굵은 선과 선명한 색채가 특징인 그의 그림은 지금도 많은 사랑을 받는다.

일본 정부가 문화훈장을 수여하겠다고 하자 "그런 상을 받으면 귀찮아지니 됐습니다" 하고 거절했다는 이야기도 다른 데서는 들어 본 적 없는 흥미로운 일화다.
아무런 욕심 없이 자연만 보고 그린 그는 이케부쿠로 몽파르나스 화가들에게는 대선배이지만, 한편으로는 자신의 관심에만 순수하게 몰두했다는 점에서 어린아이 같기도 하다. 구마가이 모리카즈 미술관은 화가가 30년간 두문불출했다는 그 집터에 세워져 한때 '모리의 정원'이었을 땅 위에서 작품을 만나게 한다.

그런가 하면 이케부쿠로 남쪽 메지로 역 주변에는 '일본의 반 고흐'라는 별명이 붙은 사에키 유조※ 아틀리에와 신주쿠 나카무라야의 화가 나카무라 쓰네 아틀리에가 있다. 나카무라 쓰네는 앞에서 이야기한 '예로셴코 씨의 상'을 그린 바로 그 화가다.

※ 佐伯祐三(1898~1928) 오로지 그림에만 미쳐 있던 그는 서른 살에 프랑스에서 돌연 객사했다. 고향인 오사카 나카노시마 미술관이 그림을 가장 많이 보유하고 있고, 메지로의 아틀리에에서는 이케부쿠로 주변 풍경을 그린 작품을 주로 소개한다.

사에키 유조 아틀리에와
나카무라 쓰네 아틀리에는 안팎의
모습이 비슷하다. 이케부쿠로
화가들이 어떤 환경에서 기거하며
주거와 작업을 해결했는지
알 수 있다.

이케부쿠로의 킷사텐

두 아틀리에 모두 좋지만 나는 나카무라 쓰네 아틀리에에 조금 더 마음이 가는데, 나카무라야 미술관에 드나들며 나도 모르게 친밀감이 쌓였나 보다.
화가가 살던 집이자 작업실을 대중에게 개방한 기념관은 우리가 상상하는 화가의 아틀리에 모습 그대로다. 세모난 지붕, 지붕에 달린 채광 좋은 창, 창문을 통과한 은은한 햇살, 그 앞에 놓인 나무 이젤까지. 화가의 방에 초대받은 듯한 기분이 좋아서 이케부쿠로에서는 자꾸만 주택가로, 골목으로, 그 속의 아틀리에로 파고 들어가게 된다.

나카무라 쓰네 아틀리에를 관리하는 할아버지께 "여기 아틀리에도 그림처럼 생겼어요. 화가가 쓰던 공간을 그대로 보존한 건가요?" 하고 묻자 "옛것 그대로는 아니고 손을 많이 봤어요. 나무로 된 마룻바닥이며 작가의 유품은 그대로 지키려고 노력을 많이 했고요" 하고 조곤조곤 알려 주신다.
나카무라 쓰네는 문신이 그러했던 것처럼 자화상도 남겼다. 한 장도 아닌 여러 장을. 하지만 쓰네가 그린 얼굴은 강단이 느껴지는 문신의 자화상과는 점점 달라져 갔다. 한 발 한 발 다가오는 죽음을 몸으로 느낀 것일까. 쓰네가 마지막으로 그린 자화상은 양손에 해골을 든 병약한 모습이다.
사실 나카무라 쓰네는 인도 독립운동가와 결혼한 나카무라야의 딸, 소마 도시코를 사랑했다. 그러나 다른 사람의 아내가 된 도시코 대신 결핵을 삶의 동반자로 맞아 서른일곱이라는 이른 나이에 숨을 거두었으니, 쓰네에게는 자신이 남긴 그림과 이 아틀리에만이 삶의 전부였겠다는 생각이 든다.

이렇게 사부작사부작 이케부쿠로 주변에 있는 작은
미술관과 아틀리에를 찾아다니다 보면 예술가 한 사람
한 사람의 삶과 이야기에 깊이 다가가게 된다.
방대한 작품을 소장한 대형 미술관은 분명 멋지긴
하지만 너무 멋진 나머지 호텔 뷔페 접시를 들었을
때처럼 우왕좌왕할 때가 있다. 이것도 맛있어 보이고
저것도 먹어야겠는데 또 다음 음식이 있으니, 내 작은
접시에 모든 것을 무리해서 담느라 무엇 하나 천천히
음미하지 못하는 것이다.
그런데 이케부쿠로 아틀리에 작은 지붕 아래에 있으면
조그마한 찻집에서 천천히, 그리고 충분히 우려낸 차를
마시는 듯한 기분이 든다. 마른 찻잎은 다 비슷비슷해
보이지만 우려내고 나면 확연히 다른 것처럼,
이케부쿠로 아틀리에 하나하나도 저마다의 향취가 다
다르다.
아틀리에 작은 전시실 한 바퀴를 가볍게 도는 일은 차가
연하게 우러난 첫 잔을 맛보는 것과 같고, 마음에 든
그림 앞에 다시 서는 일은 처음보다 진해진 두 번째
잔을 깊이 음미하는 것과 같다. 그런 시간을 보내고
나면 킷사텐에서 마시는 차처럼 예술가의 삶과 흔적도
더 깊이 각인되어 내 안에 남는다.

일본 만화 거장이 다 여기 살았다고?

20년 후, 이케부쿠로 몽파르나스 화가의 청춘은 가고
젊은 만화가의 청춘이 시작된다.
이케부쿠로 역 서남쪽에는 도키와소トキワ荘라는 2층
연립주택 한 채가 있었다. 주방도 공용, 화장실도 공용.
딱 한 사람이 누울 만한 작은 방이 다닥다닥 붙은
이 작은 집에는 1950년대에 일본 만화가 열다섯 명이
모여 살았다.
도키와소에 기거했던 작가들의 이름을 들으면
입이 떡 벌어진다. 〈도라에몽ドラえもん〉 작가 후지코
F. 후지오를 비롯해 〈가면라이더仮面ライダー〉를
그린 이시노모리 쇼타로, 일본 만화의 아버지이자
〈아톰鉄腕アトム〉과 〈밀림의 왕자 레오ジャングル大帝〉를
그린 데쓰카 오사무 같은 거장이 이곳에 살았다.
도키와소가 만화가에게 인기 있었던 이유는
이케부쿠로 몽파르나스 화가들의 경우와 같다.
도쿄에서 적은 비용으로 생활하며 작품 활동에
전념할 수 있는 곳. 도키와소는 청년 만화가에게 몸을

누일 집이자 작업실이 되어 주었다.
그런데 이런 도키와소가 2020년 도시마구가 운영하는 구립 박물관이 되어 문을 열었다. 이름하여 도키와소 만화 뮤지엄이다.
만화라는 콘텐츠가 대중의 사랑을 듬뿍 받는 만큼 일본에 만화를 주제로 한 박물관 수는 열 손가락과 열 발가락을 넘길 정도로 많다. 체험형, 만화 도서관형, 만화가 기념관형, 테마파크형 등 형태도 가지가지지만 도키와소는 집이 주인공이다.
아는 만화가 많지 않은 나에게도 도키와소는 궁금한 장소였다. 도키와소 복원이 생기를 잃은 마을에 생명력을 불어넣는 마을 만들기 프로젝트라는 점이 그랬다.
이케부쿠로 역 코앞은 사람과 자본으로 언제나 붐비지만 역의 서남쪽 나가사키는 빛바랜 구도심이 아닌가. 지역이 활기를 잃어 갈 때 높고 화려한 곳을 찾아 덩달아 떠나지 않고 어떻게든 되살리려 애쓰는 마음에 대해 그곳을 찾아가는 일로 호응하고 싶었다.

지도가 안내하는 대로 도키와소를 찾아 걷는다. 시나마치 역에서 걸어서 15분. 낮은 주택과 작은 시장, 세탁소와 채소 가게가 있는 마을은 정말로 〈도라에몽〉 속 비실이와 퉁퉁이가 살던 주택가를 똑 닮았다.
만화가가 만든 상상의 세계에는 자신이 몸담은 세계도 몇 할쯤 녹아 있는 걸까? 나고야 출신 만화가 도리야마 아키라가 〈닥터 슬럼프Dr. スランプ〉에서 묘사한 마을이 자신이 나고 자란 곳의 분위기를 고스란히 담고 있어서 깜짝 놀란 기억이 있는데, 〈도라에몽〉에서 보던 마을은 도키와소 주변 모습 그대로였다.

냉방의 낙원

직접 들어가 본 도키와소 주택에는 벌집 같은 방
몇 칸이 벽 하나를 사이에 두고 촘촘하게 붙어 있었다.
옷장 하나에 책꽂이 하나, 앉은뱅이책상 하나만 놓으면
꽉 차는 공간. 창문만큼은 큼지막해서 온 동네가 한눈에
내려다보였을 것 같았다.
그중에서도 방 하나는 전시실로 꾸며 만화가들이 즐겨
찾던 마을 이곳저곳이 안내되어 있었는데, 동네 영화관,
목욕탕, 중국집 같은 소박한 장소 사이에는 아니나
다를까 킷사텐이 있었다. 일본 만화의 기틀을 닦은
도키와소 거장이 사랑한 킷사텐 이름은 '에덴'이었다.
집이 아무리 편하다 해도 집에서만 작업을 하면 좀이
쑤실 수밖에 없다. 만화가들은 에덴에 일거리를 갖고
나와 창작 환경에 변화를 주었고, 편집 회의가 필요할
때는 킷사텐을 회의실로 삼았다.
무엇보다도 에덴은 도키와소 만화가들에게 '냉방의
낙원'으로 불렸다. 도키와소의 시대는 1952년부터
1982년까지로 집마다 에어컨이 있던 때는 아니었다.
도쿄의 여름이 찜통 같은 열기를 뿜으면 만화가들은
서둘러 에덴에 에어컨 바람을 쐬러 갔다나. 올라가는
입꼬리를 끌어내릴 수 없는 솔직한 일화였다. 문학가나
예술가, 사상가가 킷사텐을 사랑했다는 수많은 일화
중에서도 가장 인간적이다.

한편으로는 에덴을 냉방의 낙원이라고 일컬은 것이 사람들의 웃음을 자아내려는 만화가 특유의 재치라는 생각이 든다.
도키와소 멤버들에게 킷사텐이 필요했던 것은 단지 땀을 식히기 위해서만은 아니었다. 에덴의 안주인은 사람들의 이야기를 잘 들어주는 사람이었다. 손님들과의 유대가 깊어 고민 상담, 인생 상담까지 해 준 덕에 50년간 한 자리를 지킬 수 있었다고 하니, 마을의 다른 주민들이 그랬던 것처럼 도키와소 만화가들도 이곳에서 시원한 대화로 숨을 돌리며 다시 펜을 잡지 않았을까.
에덴은 2002년 도시계획에 따라 도로를 확장하는 과정에서 건물이 통째로 철거되었다. 대신 기념품 상점이 음료를 파는 공간에 에덴이라는 이름을 붙여 킷사텐 에덴의 존재를 알리는 역할을 하고 있다.

만화가가 살던 마을 절에는 만화 보살이

사라진 킷사텐 에덴 대신 가 볼 만한 곳을 찾는다면 추천하고 싶은 곳이 있다. 시나마치 역 가까이에 있는 절 곤고인이다. 킷사텐이 나와야 할 타이밍에 웬 절이냐 하면, 절 찻집 앞에 오로지 이곳에서만 볼 수 있는 불상이 있어서다.

도라에몽과 나란히 서 있는 그 불상의 이름은 무려 만화 지장. 지옥, 아귀, 축생, 수라, 하늘, 인간이라는 여섯 세상의 중생을 구원한다고 알려진 지장보살이 여기에서는 긴 펜을 들고 있다. 마치 만화가처럼. 보살의 등은 연꽃잎 못지않은 곡선을 자랑하는 커다란 펜촉이 감싸고 있고, 보살이 입은 옷을 자세히 보면 만화를 새겨 넣는 네모난 칸이 빼곡하게 그려져 있다.

불교문화권에서 왔지만 이런 불상은 난생처음인 바. 만화 지장을 만들다가 주지 스님한테 "불상 갖고 장난치지 마라" 하고 혼나지는 않았는지, 도대체 어쩌다 이런 지장보살이 탄생했는지 궁금했다. 같은 질문을 하는 사람이 나 하나는 아니라는 듯 절 마당을 쓸던 직원이 짧고 간결하게 말했다.
"여러 가지 크리에이티브 영역에서 활약하는 분들이나 만화, 아트, 문화, 역사, 지역이 발전하도록 응원하는 보살이에요. 저희 절도 마을 만들기에 참여하고 싶어서 아이디어를 낸 거예요."
절 부지에 있는 찻집 나유타なゆた는 만화 지장이 가장 잘 보이는 자리에 있다. 통유리창 너머로 만화 지장과 그를 찾는 사람들을 물끄러미 바라보며 일본 킷사텐 특유의 디저트 안미쓰를 시킨다. 부드럽게 끓인 단팥에 경단과 과일, 젤리 같은 것을 올린 안미쓰는 얼음 없는 팥빙수라고도 해도 좋겠다. 예술가의 마을을 종횡무진하느라 떨어진 당을 충전하기에 이보다 좋은 디저트가 있을까.

누군가에게는 '구멍'이었고, 누군가에게는 '냉방의 낙원'이었던 킷사텐. 오늘날 이케부쿠로가 애니메이션 성지로 불리며 대중문화의 거점이 된 것은 이케부쿠로 몽파르나스 화가와 도키와소 만화가가 있었기 때문은 아닐까.
생활과 창작 속에서 안간힘을 쓰며 우리를 즐겁게 해 준 사람들을 생각하며, 이케부쿠로 킷사텐에서 탄생할지도 모를 다음 세대의 작품을 기다려 본다.

도라에몽과 나란히 서 있는 만화 지장. 만화가 태어난 원점의 거리에서 창작자를 돌보고 응원하는 보살이다.

하쿠샤쿠
伯爵
(이케부쿠로 기타구치점 池袋北口店)

이렇게 화려한 킷사텐을 본 적이 있었던가. 이케부쿠로 역 주변에서 지점 세 군데를 운영해 '이케부쿠로 킷사텐' 하면 가장 먼저 떠오르는 하쿠샤쿠는 '백작'이라는 이름 그대로 화려하다. 커다란 화병, 눈에 띄는 꽃꽂이, 커다란 창문 모두가 온통 번쩍번쩍하다. 직원은 왠지 '카바레'라는 이름이 떠오르는 웨이터 복장. 킷사텐에도 각자가 담고 있는 시대가 있는데 1976년 문을 연 이케부쿠로 하쿠샤쿠는 버블 시대를 떠올리게 한다는 손님이 많다.

여행자가 하쿠샤쿠에서 흥미를 느낄 만한 포인트는 그 옛날 '게임 킷사'에서 쓰던 테이블이 있다는 것이다. 지금은 거의 사라진 게임 킷사는 오락실 오락기를 식탁처럼 쓰는 곳이었는데, 킷사텐에서 쉬어 가는 동안 차를 마시며 테트리스나 스트리트파이터 같은 게임을 할 수 있었다고 한다. 바로 그 게임 킷사 테이블이 있어서 이곳에 가면

주머니를 뒤적여 100엔짜리
동전을 기어이 찾아낸다. 회사
부장님쯤 될 것 같은 근엄한
아저씨가 양복을 입은 채
동그란 버튼을 열심히 휘갈기는
모습이란!
이케부쿠로 역 앞에서
밤늦게까지 영업하는 킷사로도
알려진 하쿠샤쿠는 커피, 디저트,
모닝 세트, 식사까지 없는 메뉴가
없다. 커피 품질이나 음식 맛만
보면 도쿄에 이보다 좋은 곳이
얼마든지 있겠지만, 새빨간
립스틱을 쨍하게 덧바른 것 같은
하쿠샤쿠만의 유쾌함이 있다.

이케부쿠로 역 서편에서 도보 1분
매일 08:00~23:00
전석 금연 / 흡연 부스

다카세
タカセ

긴자나 진보초와 달리
이케부쿠로 역 근처는
킷사텐이 많은 지역은 아니다.
일본스러움이 묻어나는
킷사텐을 만나고 싶으면 세이부
이케부쿠로선을 타고 주택가
탐험을 떠나는 것이 좋다.
그러나 이케부쿠로 역 동편에는
노포 빵집 다카세가 있어
레트로한 킷사텐을 좋아하는
여행자의 마음을 채워 준다.
1층은 빵집, 2층은 킷사텐,
3층은 경양식 레스토랑으로
채운 다카세는 1920년
개업한 이케부쿠로 명물이자
랜드마크다.
창문에 '킷사'라는 글씨가
대문짝만 하게 쓰여 있는 2층은
한국 다방과 비슷한 모습이다.
무엇을 주문하든 옛 레시피대로
만들어 주기 때문에 진한 추억의
맛을 느낄 수 있다.

이케부쿠로 역 동쪽 출구에서 도보 2분

1층 베이커리 09:00~21:00/
2층 킷사 월요일~금요일
09:00~19:30, 토·일요일 및
공휴일 09:00~20:00

전석 금연

커피 반차무
珈琲伴茶夢

이케부쿠로 역에서 남쪽으로 한 정거장 거리에 있는 메지로 역은 나카무라 쓰네 아틀리에까지 도보 10분 거리라 이케부쿠로 몽파르나스 화가를 만나는 출발점으로 삼기에 좋다.
메지로에는 도토루 커피와 같은 계열사에서 운영하는 킷사 체인 호시노 커피星乃珈琲店와 삿포로에 본점을 둔 킷사 체인 미야코시야 커피宮越屋珈琲 등 괜찮은 킷사텐이 꽤 있지만 다른 곳에는 없는 메지로만의 킷사텐도 있다. 커피 반차무다.
반차무伴茶夢의 반은 아랍어로 커피콩을 '반'이라고 부르는 데서 유래했는데, 커피와 차를 마시면서 꿈을 이야기하고 싶은 마음에서 킷사텐 이름을 이렇게 지었다고 한다. 메지로 주민들이 50년 동안 드나들던 로컬 킷사텐으로 주변에 큰 관광지가 없어 이케부쿠로나 신주쿠와는 완전히 다른 차분함이 있다.
조용한 주택가 킷사텐에서만 누릴 수 있는 안정감이다.
반차무에서 사랑받는 음식은 오전 11시까지 커피를 주문하면 토스트와 달걀, 단팥을 무료로 제공하는 모닝 세트. 또 하나는 '빵 카레'라고 부르는 이곳만의 명물 메뉴다. 빵 카레는 카레라이스에서 밥을 빵으로 대체한 것으로, 바삭하게 구운 식빵에 카레 소스를 얹었다.
현지인만 아는 공간과 그 동네 사람들만의 소박하고도 특별한 음식을 맛보고 싶은 여행자가 좋아할 수밖에 없는 킷사텐이다.

- 메지로 역에서 도보 1분
- 매일 07:30~20:00
- 전석 금연 / 흡연 부스

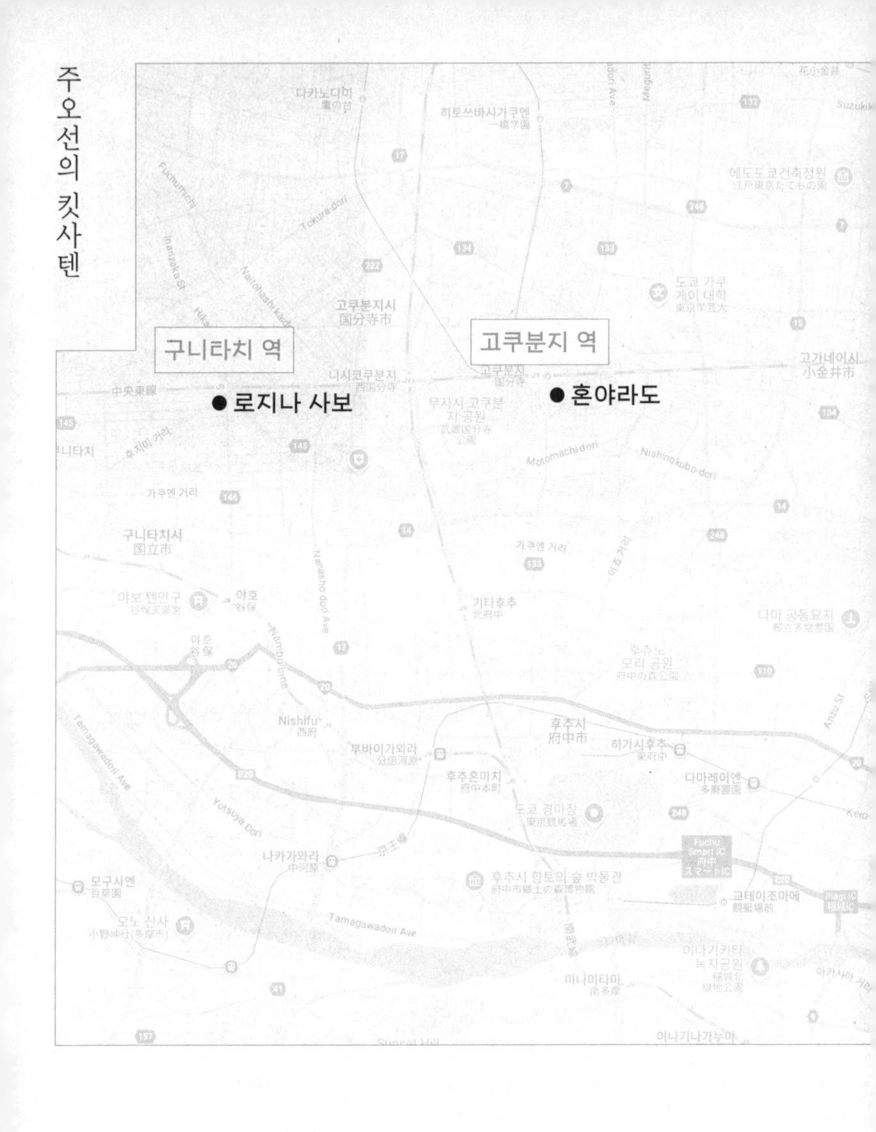
구니타치 역
고쿠분지 역
● 로지나 사보
● 혼야라도

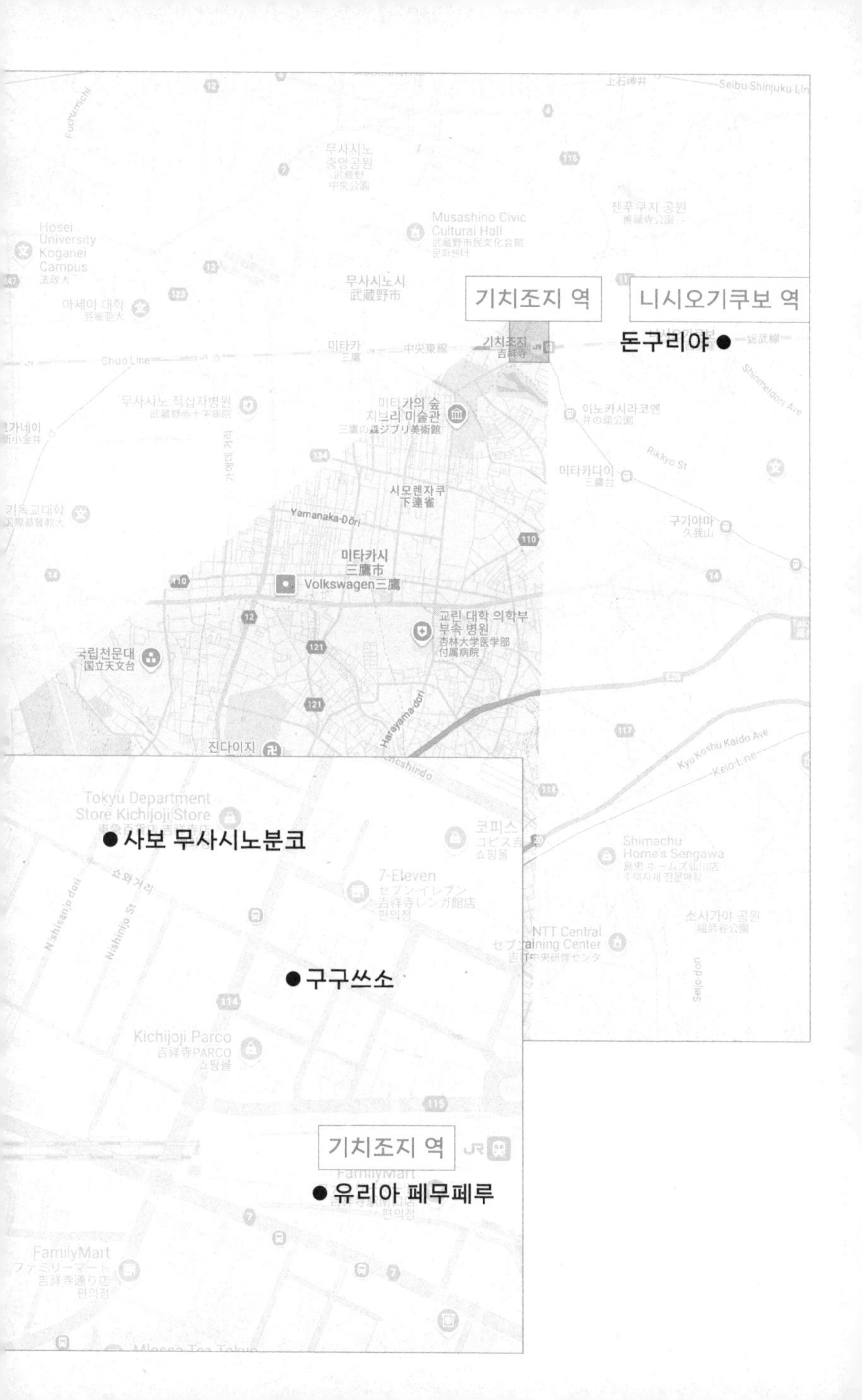

기치조지 역
니시오기쿠보 역
돈구리야
사보 무사시노분코
구구쓰소
기치조지 역
유리아 페무페루

무라카미 류와 〈식스티 나인〉의 시대

혼야라도ほんやら洞

주오선 여행
각양각색 매력,
차분함 속

도쿄도는 도쿄시에 있는 23개의 구区와 서쪽에 있는
26개의 시, 그리고 남쪽 바다에 떠 있는 무수한 섬으로
이루어져 있다. 도쿄에 섬이 있다는 말만으로도
생소하지만 더 놀라운 건 섬의 위치다. 섬은 가까운
앞바다가 아닌 저 멀리 타이베이와 같은 위도에 있는데,
도심에서 1,800km나 떨어진 아열대 섬도 엄연히 도쿄를
이루는 일부다. 긴자나 아사쿠사, 롯폰기나 시부야 같은
도시 중심가만이 도쿄의 전부는 아닌 것이다.
머나먼 바다까지 나가지 않더라도 23구를 벗어나면 더
많은 도쿄, 더 다양한 도쿄가 품에 안긴다. 특히 도쿄
서쪽으로 쭉 뻗은 주오선에 오르면 하나하나 각기 다른
매력을 지닌 역들이 기다리고 있다.
여행자에게 주오선은 색색깔 마카롱이 가득 담긴 상자
같다고 할까. 모든 맛을 느끼고 싶으면서도 한편으로는
서두르지 않고 아껴서 맛보고 싶은 기분과 비슷하다.
빈티지 쇼핑과 서브컬처 문화로 독특한 분위기를 풍기는
고엔지, 라멘 노포가 모여 있어 입이 즐거운 오기쿠보,
도쿄에서 가장 살기 좋은 곳 중 하나로 알려지며 이미
많은 팬을 거느린 기치조지, 지브리의 숲 미술관이 있는
미타카, 쭉 뻗은 가로수길을 걷기만 해도 마냥 좋은
구니타치까지. 주오선 도시 특유의 차분함에 녹아든
각양각색 개성에 이끌려 전철에 오르는 사람이 나뿐만은
아닐 것이다.

주오선 여행길에서도 가장 큰 즐거움은 역시 킷사텐에 가는 일이다. 좋은 킷사텐이 어떻게 이렇게 많을 수 있을까? 역마다 그 지역을 대표하는 킷사텐이 반드시 있고, 킷사텐을 멀리서부터 일부러 찾아오는 젊은이들의 발걸음과 마을 현지인의 발걸음이 기분 좋게 섞여 차분하면서도 생기 있는 분위기를 풍긴다. 23구 도심 한복판에서는 너무 유명해진 나머지 인파로 북새통을 이루는 킷사텐을 종종 본다. 그런 곳에서는 손님을 대하는 마스터의 온도도 어딘지 차갑거나 미지근할 때가 많다. 맛있는 커피가 끓기에 적정한 온도는 아니다. 반면 주오선 킷사텐은 온도가 좋다. 보통 사람들의 일상에 스민 킷사 문화를 즐기기에 좋은 지역, 우리 각자가 '나만의 킷사텐'을 발굴하기 좋은 지역은 대부분 주오선에 있다.

그중에서도 고쿠분지는 무라카미 하루키가 운영하던 재즈 킷사가 있던 곳이자, 그의 첫 작품 〈바람의 노래를 들어라風の歌を聴け〉가 쓰인 곳이기도 하다. '작가가 아닌 킷사텐 마스터로서의 그는 어떤 사람이었을까? 고쿠분지에서 어떤 손님들을 마주하며 무슨 이야기를 나누었을까? 손님들은 킷사텐 주인이 이렇게나 유명한 소설가가 될 거라고 상상했을까?' 하는 생각을 하며 걷다 보니 문득 또 다른 소설가가 떠오른다.
무라카미 류. 고쿠분지에 오면 무라카미 류가 쓴 자전소설이자 영화로도 제작된 〈식스티 나인69 Sixtynine〉이 생각난다. 고쿠분지에 있는 킷사텐 혼야라도가 〈식스티 나인〉의 에너지를 담은 그릇 같아서다.

일본에도 히피 문화가 있었다고요?

〈식스티 나인〉은 무라카미 류 자신이자 소설 속 주인공인 '겐'이 고 3이던 1969년 이야기를 담고 있다. 세상을 통제하는 모든 권위에 맞서자는 68혁명이 전 세계 젊은이를 들썩이게 한 이듬해이자 격렬한 학생운동으로 도쿄대학이 신입생을 단 한 명도 받지 않았던 해. 그래서 도쿄대학에는 69학번이 없다고 했던가. 그 시대를 살지 않았던 나로서는 "도대체 무슨 일이 있었길래?" 하는 호기심 때문에 읽게 되는 책이다. 소설 속 표현에 의하면 '머리칼을 마구 기른 히피들이 사랑과 평화를 부르짖던' 시대의 한 장면이 〈식스티 나인〉에 그려져 있다. 겐은 사회가 요구하는 질서에 반항하는 일을 놀이이자 축제처럼 즐겼고, 도쿄대학 학생처럼 학교에 바리케이드를 치는 대담한 행동을 하지만 실은 좋아하는 여학생의 눈길을 끌고 싶어서 한 일이었다. 모두가 겐처럼 즐겁기만 하지는 않았겠지만, 심각하기보다는 유쾌하고 근엄하기보다는 솔직한 겐이 밉지 않다.

> 신주쿠에서 포크 집회가 자주 열린다는 신문보도가 나온 후로, 규슈에서도 포크 연주가 유행하기 시작했다. 사람들이 하나둘씩 모여들었다. 역시 포크 연주회였다. 아침 안개가 걷힐 무렵 연주가 시작되었다. 긴 머리에 턱수염을 기르고 더러운 점퍼를 입은 남자가 다카이시,

오카바야시 노부야스, 다카다 와타루의 노래를 불렀다. 간판에는 '주최 후쿠오카 베평련('베트남에 평화를! 시민연합'의 약자)'이라 적혀 있었다.

—무라카미 류 저, 양억관 역,
〈식스티 나인〉, 작가정신, 2018

한국에서도 트윈폴리오가 등장한 것이 1968년이고 산울림이 결성된 것이 1973년이었으니 딱 이 무렵일까. 미군기지가 있는 고향에서 전투기 폭음을 듣고 자란 겐은 포크가 나약한 음악이라고 생각했다지만, 그 당시의 포크에는 악기를 연주하고 노래하는 것 이상의 힘이 분명히 있었다. 모두 함께 모여 서로가 나누고 싶은 메시지를 전하는 음악. 포크는 그런 음악이 아니었을까.

포크 연주회에서 겐의 귀에 흘러 들어갔다는 노래는 지금의 우리에겐 익숙하지 않다. 하지만 포크 아티스트 한 사람 한 사람과 그들이 부른 한 곡 한 곡에 담긴 이야기를 들어 보면 포크가 왜 사람들의 마음을 사로잡았는지 고개가 끄덕여진다.
일본 포크계의 상징적인 인물이자 '포크의 신'이라고 불리던 오카바야시 노부야스※는 일용직 노동자의 애환을 노래하며 등장해 사회의 비주류로 차별받는 사람들을 대신해 목소리를 냈다. 흥미로운 점은 그가 포크 음악에 한국 전통 가락을 접목한 〈뱃놀이ペンノリ〉라는 곡을 발표했다는 것인데, 오카바야시뿐만 아니라 많은 일본 포크 가수들이 한글로 쓰인 노래에 귀를 기울였다. 재일 교포가 부른 〈임진강〉도 이 무렵 유명 포크 그룹이 리메이크해

※ 岡林信康(1946~) 일본 포크를 대표하는 인물로 사회를 비판하는 노래, 저항 정신을 담은 노래를 주로 만들어 불렀다. 그가 만든 많은 곡이 방송 금지 처분을 받았지만 도쿄 산야 지구 노동자들의 마음을 노래한 〈산야 블루스山谷ブルース〉 등의 대표곡은 널리 알려져 있다.

알리면서 일본 사회 모두가 듣는 곡이 된다.

다카다 와타루※ 일화도 재미있다. 다카다는 제목부터 어마무시한 〈자위대에 들어가자自衛隊に入ろう〉라는 곡을 만들어 '여러분 중 자위대에 들어가고 싶은 사람 없나요 / 한 깃발 들고 싶은 사람 없나요 / 자위대가 인재를 찾고 있어요 / 자위대에 들어가자, 들어가자, 들어가자' 하며 반어와 풍자로 일본 군대를 비판했다. 그런데 놀랍게도 자위대 측에서 감명받아 홍보곡으로 쓰고 싶어 하는 뜻밖의 일이 일어났다! 나중에야 사실을 알아차린 정부는 이 곡을 뒤늦게 방송 금지 리스트에 올렸다고 전해진다.

포크 가수들은 이에 질세라 "우리는 도쿄 방송국이 좋아할 음악이 아닌 다른 것을 노래하자" 하고 외쳤고, 간사이 포크라는 새로운 음악 장르의 문을 연다. 이른바 '카운터 컬처', 즉 한 사회의 지배 체계에 저항하는 문화를 간사이 포크에 담았다.

※ 高田渡(1949~2005) 간사이 포크의 중심이었던 싱어송라이터. 19세 때 〈자위대에 들어가자〉를 만들고, 그 후로 40년 동안 일본 전국을 돌며 노래하다 2005년 4월 공연을 위해 찾은 홋카이도에서 갑작스러운 죽음을 맞았다. 그의 일생은 〈다카다 와타루 스타일로〉라는 다큐멘터리로 영화화되었다.

포크 음악과 저항 문화가 끓는 킷사텐

킷사텐 혼야라도는 간사이 포크 문화와 함께 태어났다. 처음 생겨난 곳은 교토였다. 오카바야시 노부야스가 동료들과 함께 교토대학과 도시샤대학의 딱 중간 지점에 킷사텐을 연 것이다. 혼야라도의 문화를 한 단어로 설명하라면 역시 저항 문화라고 해야 할까.
우리가 지금까지 만나 본 킷사텐보다 한층 강렬한
문화가 끓었다.
겐과 같은 또래 학생이었던 혼야라도 손님들은
포크 곡을 연주하고 듣는 것은 물론 각자가 지어
온 자작시를 낭송하고 녹음해 레코드를 발매한다.
페미니즘이나 반전운동, 반원전 운동처럼 사회
이슈에 관심 있는 사람들 역시 혼야라도를 '모이는
공간'으로 삼았는데, 혼야라도 손님들은 사형선고를
받은 김지하 시인을 구명하기 위한 활동도 했다.
그런 혼야라도의 열기가 너무나도 뜨거웠던 것일까.
10년 전 어느 겨울날 교토 혼야라도에 불이 났다.
작은 불이 아니었다. 가게는 형체도 알아볼 수 없는
잿더미가 되어 버렸고, 혼야라도를 가장 오랫동안
지켜 온 마스터이자 사진작가 가이 후사요시◎가
40년 동안 찍은 사진과 손님들이 새긴 흔적 모두 몸집
큰 불길이 삼켜 버렸다. 도서관이라도 해도 될 만큼
방대했다는 분량의 책도 남김없이 사라졌다.

그렇지만 혼야라도는 상상 이상으로 재밌는
킷사텐이다. 이야기가 "옛날 옛날에 이런 킷사텐이
있었는데 불이 나서 없어졌습니다" 하는 데서
끝나지 않기 때문이다. 혼야라도가 사라진 후
예순 명도 넘는 단골손님들은 공저로 〈추억의
혼야라도追憶のほんやら洞〉라는 책을 펴낸다. 킷사텐
전소 1주년을 기념하는 책이라고. 일본에서 온갖
킷사텐을 접했지만 손님이 킷사텐의 존재를 기록하기
위해 책을 냈다는 얘기는 들어 본 적이 없다.
또 하나 재밌는 것은 교토 혼야라도의 형제가 도쿄
고쿠분지에 살고 있다는 점이다. 여느 킷사텐은

◎ 甲斐扶佐義(1949~) 오가바야시 노부야스와 함께 교토 혼야라도를 오픈한 사진작가로, 그가 운영하는 기온시조의 이자카야 하치몬지야八文字屋는 교토의 새로운 문화 집합소 역할을 하고 있다. 책과 사진이 마구 엉켜 널브러진 독특한 분위기 덕에 외국인 여행자도 많이 찾으며, 문화와 예술, 삶에 이르기까지 다양한 주제로 자유롭게 이야기를 나눌 수 있다.

인기가 좋고 손님이 많으면 주인이 2호점, 3호점을 내거나 체인화하는 형태로 사업을 확장한다. 그런데 혼야라도는 그곳을 좋아하는 구성원의 손에서 같은 이름의 가게를 탄생시킨다. 체인점도 분점도 아니고, 같지 않지만 다르지도 않은 가게다.
그런 다음 가까이에 사는 오랜 단골과 우연히 한동네에 사는 주민, "어, 저 가게 예쁘네! 들어가 보고 싶다" 하는 새로운 사람들까지 모두를 손님으로 맞이한다. 소설 〈식스티 나인〉이 그 시대를 살았던 당사자뿐만 아니라 모든 사람에게 읽히는 것처럼, 지금의 혼야라도는 오랜 단골과 함께 누구나 편안히 드나드는 공간이 되었다.

매운맛 카레를 혼야라도에서 순한맛

고쿠분지 역 앞에는 문화재로 지정될 만큼 아름다운 도노가야토 정원이 있다. 도쿄 도립 9정원 중에서도 일본풍과 서양풍 정취를 동시에 담고 있다고 알려진 곳인데, 사계의 변화를 온몸으로 보여 주는 정원을 걸으며 킷사텐은 어떤 계절을 닮았는지 생각해 본다.
트렌드를 즉각 반영하는 '신상' 카페가 여기저기서 화려한 봄꽃처럼 피어난다면 킷사텐은 가을 단풍처럼 차분하게 무르익었다고 해야 할까. 아니면 계절이 변해도 잎을 떨구지 않고 새파란 현역으로 활약하고 있으니 도노가야토 정원에서 유명한 대나무를 닮았다고 해야 할까.

고쿠분지 혼야라도는 도노가야토 정원 맞은편에서 초록빛이 가득한 모습으로 서 있다. 〈아기 돼지 삼 형제〉 동화책에 나올 것 같은 벽돌집을 파릇한 아이비 덩굴이 가득 감싸고 있는데, 햇빛을 받아 밝게 빛나는 초록색 잎이 청량하고 싱그러워서 괜스레 숨을 크게 들이쉬게 된다.

혼야라도의 외관도 정원 같다는 느낌을 받으며 안으로 들어가면 고민가 카페를 닮은 운치와 아늑함이 풍긴다. 고쿠분지 혼야라도 역사도 벌써 50년이 되었으니 정말로 고민가라고 해도 좋을 법하다.

천장에서는 믿음직스러운 서까래가 굵직한 존재감을 뽐내고, 따뜻한 기운이 감도는 회벽에는 커다란 그림이 걸려 있다. 큼직한 나무 식탁과 반질반질 윤이 나는 의자는 바라보는 것만으로도 편안한 느낌이 든다. 커다란 창문은 바깥에서 들어온 빛을 여과 없이 들이고, 손바닥만 한 갓을 쓴 등불 조명도 햇빛을 도와 안을 밝힌다. '저항 문화로 이름을 날렸던 킷사텐'이라고 하면 현관문부터 묵직해서 열기 어려울 것 같지만 결코 그렇지 않다. 첫인상이 부드럽고 순한 맛이다.

동화 속 삽화에 들어온 것 같은 기분을 느끼며 이곳에서 꼭 먹어야 하는 메뉴라는 카레를 부탁하니 얼마 지나지 않아 카레 끓는 냄새가 은은하게 풍겨 온다.

붉은빛을 띠는 카레 소스에는 푹 익혀 야들야들한

고쿠분지다운 여유와
혼야라도만의 스토리가 섞여
단 하나뿐인 공간이 탄생했다.

50년 동안 손님을 맞은 카운터. 이곳에서 얼마나 많은 이야기가 오갔을까.

아이비 덩굴로 뒤덮인 혼야라도 입구.

닭고기가 들어 있다. 부드럽게 녹는 살결에 감탄하면서 카레를 떠먹으면 알싸하게 매운맛이 난다. 향긋한 카레 맛을 돋우는 매콤함이 반가워서 구슬땀을 흘리면서도 한 그릇을 뚝딱 비운다. 순한 맛 혼야라도의 매운맛 카레. 한마디로 맛있다.

낮에는 커피와 카레가, 저녁에는 술과 담배가 있는 고쿠분지 혼야라도.

혼야라도
오센틱한 공간、

몇 년 전까지 고쿠분지 혼야라도를 운영하던 주인은 일본에서 여자 밥 딜런이라고 불리던 포크 가수 나카야마 라비※지만 병환으로 아깝게 세상을 떠나면서 가게는 아들 손에 맡겨졌다. 지금의 마스터는 젊은 예술가 같은 인상인데, 어릴 때부터 혼야라도에서 자랐다는 마스터에게 요즘은 어떤 손님들이 이곳에 오는지 물었다.

"가까이 사는 분들이 주로 오시고 20대 손님도 많아요. 멀리서 어머니의 팬들이 와서 어머니 이야기를 나누기도 하고요. 몇십 년 동안 찾는 오래된 단골도 많은데 마음 맞는 손님끼리 밴드를 결성했다는 얘기도 들었어요. 여기는 낮에는 식사와 커피를, 밤에는 술을 마실 수 있는 곳인데, 아주 옛날부터 알던 단골손님들은 주로 밤에 와요. 혹시 그분들을 보고 싶으면 밤에 한번 와 보세요. 저기 벽에 걸린 저 그림도 단골이 그린 거예요."

벽에 걸린 그림을 보다 보면 그 옆에 붙은 공연과 전시 포스터에도 눈이 간다. 얼마나 많은 창작자가 자신의 세계를 구축해 나가고 있는 것일까. 문화의 구심점

※ 中山ラビ(1948~2021) 독특한 가사와 흥미로운 리듬, 매력적인 음색이 특징인 포크 아티스트. 도쿄도 출신이지만 오카바야시 노부야스의 영향을 받아 간사이를 거점으로 활동하며 교토 혼야라도를 접했다. 1977년부터 2021년까지 고쿠분지 혼야라도를 운영했다.

역할을 하는 킷사텐의 특징은 언제나 손님과 함께
향유할 만한 이벤트를 소개한다는 것이다. 창작자가
연주회나 전시회 소식을 알리고 싶을 때 단골 킷사텐에
홍보를 부탁하는 것도 킷사텐에 흐르는 오랜 문화다.
혼야라도는 고쿠분지 한복판 눈에 가장 잘 띄는
자리에서 사람들에게 오라 오라 손짓하고, 들어온
손님들에게 재미있는 것들을 보라 보라 일러 준다.
손님들 입에서 입으로 포크 공연이며 시 낭송회 소식이
전해져 가던 때와 같다.
"혼야라도는 일본 포크 문화랑 관계가 깊죠?" 하는
내 질문에 마스터는 재미있는 대답을 한다.
"그렇지요. 저희 어머니도 싱어송라이터였으니까요.
요즘은 히피라는 게 하나의 패션이 되었잖아요? 그런데
그런 스타일이 아니라 의외로 지금 사회가 말하는
것들, 예를 들면 공정 무역이라든지, 유기농 같은
생태 농업이라든지, 기본 소득에 대한 논의 같은 것도
그 당시 히피가 노래하던 것과 연결되어 있어요."

고쿠분지 혼야라도를 오센틱authentic한
곳이라고들 한다. 미국에서 가장 오래된 사전인
〈메리엄웹스터Merriam-Webster〉는 매년 '올해의 단어'를
선정해 발표하는데, 공교롭게도 2023년 올해의 단어로
꼽힌 말이 바로 오센틱이었다. 거짓이나 모방이 아닌
진실과 사실을 뜻하는 말로, 무엇이 진정성 있는 것인지
알기 어려워진 지금, 다른 무엇보다 '진짜'의 가치가
소중하다는 것을 알리기 위해 이 단어를 선택했다고
한다.
메리엄웹스터가 말하는 오센틱은 가짜 정보와 진짜
정보 사이에서 혜안을 길러야 한다는 의미에 가깝지만
'공간에서 오센틱함이란 무엇일까?' 하는 생각도

하게 된다. 독창적인 색채와 전통을 지키는 공간.
그래서 손님들에게 깊이 있는 안정감을 주는 공간.
오랜 세월에 걸쳐 자신만의 진정성을 쌓아 온 공간.
혼야라도를 비롯한 킷사텐은 그런 공간이 아닐까.

10여 년 전 처음 일본에 이주했을 때, 골목골목에
자리 잡은 킷사텐 간판을 보며 한국에서는 거의
사라져 버린 다방 같은 공간이 이렇게 많이 살아 있는
이유가 궁금했다. 핫하고 힙한 카페며 스페셜티 커피
전문점이 많고 많은데 어떻게 그들 틈에서 경쟁을
하고 아직도 사랑받는지 신기한 노릇이었다.
어쩌면 킷사텐이라는 공간을 찾아가게 만드는
매력은 오센틱함인지도 모르겠다. 긴 세월 사람과
사람이 만나고, 취향과 취향이 모이고, 시간에 시간이
쌓여 문화가 된 공간에는 진정성이 있다. 그리고
그 진정성을 알아보는 사람들을 통해 킷사텐은
과거에 머무르지 않고 미래로 이어진다. 혼야라도는,
그리고 킷사텐은 오센틱하다.

구니타치
로지나 사보
ロージナ 茶房

히토쓰바시대학 캠퍼스를
중심으로 한 '학원 도시'로
조성되어서일까. 조용히 산책을
즐기기 좋은 구니타치는 붉은 삼각
지붕을 덮은 옛 전철역을 중심으로
푸른 가로수길이 시원하게 뻗어
있는데, 걷기만 해도 기분 좋은
이곳을 더 좋아하게 만드는 것은
로지나 사보 킷사텐이다.
1954년 화가인 마스터가
아틀리에와 갤러리를 겸해 만든
로지나 사보는 문화인이 모이는
킷사텐이었다. 일본 록의 대부인
이마와노 기요시로, 사카모토
류이치, 배우 우카지 다카시 등
음악가, 작가, 배우가 로지나를
사랑했고, 배우 이시다 잇세이는
이곳에서 아르바이트생으로
일하기도 했다.
70년이 된 가게이니만큼 학생
때부터 찾던 단골손님도 많다.
해가 수십 번 바뀌어도 변하지
않는 이곳 대표 메뉴는 자이 카레.
인도 여행을 간 마스터가 현지에서
카레를 맛보고 이름을 물었는데,
의사소통이 삐걱대는 와중에도
'자이'라는 단어만 귀에 들어와

그 카레와 비슷한 음식을 만들고
자이 카레라고 이름 붙였다.
양파를 베이스로 한 자이 카레는
꽤 매운 데다 끝까지 먹기
어려울 정도로 양이 많다.
히토쓰바시대학생들은 갓
들어온 신입생을 로지나에
데려가 게임 벌칙으로 이 카레를
먹였는데, 그때 발음이 같은
'죄罪(자이) 카레'라는 별명이
생겼다.
좋아하는 록 뮤지션의 흔적을
찾아 멀리서 온 팬, 60년
단골일 것이 분명한 할머니,
할아버지 무리, 옹알이를 하는
작은 아기를 데리고 온 가족,
삼삼오오 모인 마을 주부들
사이에 섞여 자이 카레를 먹고
벽에 걸린 그림을 하나하나
감상하고 있으면 이 사랑스러운
마을에 사는 주민이 된 것 같다.

구니타치 역에서 도보 3분
매일 11:00~23:00
전석 금연

기치조지
사보 무사시노분코
茶房 武蔵野文庫

기치조지 역에 있는 사보
무사시노분코는 이름만 들으면
킷사텐이 아니라 서점 같다.
이 킷사텐에는 왜 '문고文庫'라는
이름이 붙었을까?
책이 귀하던 1940년대,
와세다대학 불문과 교수는
멀쩡한 자택을 수리해 '와세다
문고'라는 킷사텐을 만들고
자신이 모은 장서를 모두에게
개방한다. 그곳에서 학생들은
커피 한 잔만 주문하고 하루 종일
책을 읽어도 쫓겨나지 않았고
와세다대학 출신 작가들도 자주
찾아와 차를 마셨다.
다자이 오사무의 스승 이부세
마스지는 '도모다치자友達座'라는
학생 연극 동아리를
소재로 한 소설 〈도모다치자
사람들友達座連中〉에서 '테아트로
차방'이라는 이름으로, 이쓰키
히로유키는 〈소피아의
가을ソフィアの秋〉이라는 책에서
'미네르바 차방'이라는 이름으로
와세다 문고를 묘사하기도 했다.
그렇지만 와세다 문고는 영원히
그 자리에 있을 수 없었다.

주인이 세상을 떠나고, 건물이 낡아 가고, 학생들의 환경이나 성향이 달라지면서 문을 닫게 된 것이다. 와세다 문고에서 일하던 보이는 폐업을 안타깝게 여겼다. 그래서 무사시노시 기치조지에 자신의 킷사텐을 열면서 와세다 문고의 장서 일부와 이부세 마스지의 친필이 적힌 액자를 옮겨 오고, 이름도 '차방 무사시노 문고'라고 지었다. 이곳에서 파는 몇몇 음식도 와세다 문고 때의 레시피를 그대로 계승하고 있다. 큼지막한 감자와 닭고기를 넣은 카레라이스, 그리고 크림을 가득 올린 레몬 케이크가 와세다 문고의 맛 그대로라고.

- 기치조지 역에서 도보 5분
- 화요일~일요일 10:00~21:00, 월요일 휴무
- 전석 금연

기치조지
유리아 페무페루
ゆりあぺむぺる

무지개색 물감이 담긴 팔레트처럼 빨주노초파남보 크림소다가 있는 곳. 동화 작가 미야자와 겐지의 시집 한 구절에서 이름을 딴 유리아 페무페루는 기치조지에서 동화 삽화 같은 느낌을 주는 킷사텐으로 인기가 높다. 내부로 들어가는 현관문부터 나무 재질에 꽃과 나뭇잎 모양이 조각되어 있어 정원 같은 느낌을 준다. 내부는 클래식한 전등, 찻장, 화병 같은 소품으로 꾸며 놓았는데, 동화에 비유하자면 '플란다스의 개' 한 마리 키울 것 같은 집이다. 천장은 고민가처럼 고목으로 이루어진 서까래가 모습을 드러내고, 투명한 육각형 전등에는 뿌옇게 세월이 끼어 내부를 은은하게 밝힌다.

- 기치조지 역에서 도보 3분
- 화요일~일요일 11:30~20:00 (금·토요일은 22:00까지)
- 전석 금연

기치조지
구구쓰소
くぐつ草

380년 전통의 인형극단 유키자結城座 단원이 1979년 봄에 개업한 킷사텐으로 지금도 유키자에서 운영하고 있다. 기치조지 선로드 아케이드 상점가 한복판에 위치하지만 지하에 숨어 있어 그냥 지나치기 쉽다. 하지만 계단을 따라 아래로 내려가면 밖에서는 상상도 할 수 없을 만큼 멋진 동굴 같은 공간이 펼쳐진다.

아치형 천장은 높이를 더해 지하임에도 개방감을 주고, 울퉁불퉁한 요철이 있는 벽면은 은은한 조명을 받아 신비하고 입체적인 그림자를 만들어 낸다. 그 벽면을 파낸 자리에는 오브제를 전시해 킷사텐 순례를 하러 온 손님의 눈길을 끈다.

커피와 함께 카레가 맛있기로도 유명하다. 오래 가열한 양파에서 우러나는 단맛에 열 종류가 넘는 향신료를 배합했다고.

- 기치조지 역에서 도보 3분
- 매일 10:00~22:00
- 전석 금연

니시오기쿠보
돈구리야
どんぐり舎

연세 지긋한 마스터가 운영하는 작은 킷사텐. 20대부터 80대까지 전 연령대 손님이 폭넓게 드나드는 니시오기쿠보 로컬 킷사텐이다.
많은 손님들이 이곳에서 도토리로 가득한 지브리의 세계관을 느낀다고 하는데, 여러 잡동사니가 나름대로의 질서 아래 놓여 있는 것이 〈이웃집 토토로となりのトトロ〉에 나오는 메이 아빠의 방 같기도 하다. 물레방아 모양을 한 의자, 빼곡하게 꽂힌 책과 만화, 손님이 남기고 간 일러스트, 흡연 킷사텐 시절을 회상하게 하는 성냥갑까지 온갖 소품이 킷사텐을 채운다.
돈구리야는 커피 품질에 대한 평가가 좋아 니시오기쿠보에 사는 젊은 주민들이 원두를 구입해 가는 곳이기도 하다. 다양한 산지의 커피를 폭넓게 맛볼 수 있는 것이 장점이며, 바나나 브레드는 거친 듯한 식감에 은은한 달콤함을 풍겨 홈메이드 같은 느낌을 준다.

- 니시오기쿠보 역에서 도보 3분
- 매일 10:00~20:30
- 전석 금연

에필로그—
시간이 흘러도
킷사텐은 영원히

2024년 5월 교토에서는 흥미로운 모임 하나가 열렸습니다. 이름하여 '혼야라도 불타지 않았더라면 52주년 기념 토크ほんやら洞燃えてなければ52周年記念日トーク'. 화재로 사라진 교토 혼야라도 단골손님이 모여 킷사텐에서의 기억을 공유하는 자리였습니다.

그 소식을 들었을 때 제 입에서는 저도 모르게 "킷사텐이 도대체 무엇이길래!" 하고 혼잣말이 흘러나왔어요. 저 역시 킷사 문화를 좋아하는 사람이지만, 사라진 킷사텐의 의미를 이토록 오래 새기는 모습이 새삼 신기하고 신선했습니다.

도쿄를 거닐며 만난 킷사텐도 저마다 비슷한 스토리 하나쯤은 품고 있었습니다. 혼고 킷사텐 루오, 기치조지 킷사텐 사보 무사시노분코는 킷사텐이 문을 닫을 위기에 처했을 때 직원이 나서서 가게의 맥을 이었습니다. 야네센에 있는 가야바 커피는 지역 비영리단체의 힘으로 부활했지요. 우에노의 도프, 시부야의 킷사 사테라처럼 젊은 바리스타가 새로운 공간을 창조할 때 오래된 킷사텐에서 쓰던 물건을 물려받아 되살리기도 합니다.

일본에 다방을 닮은 킷사텐이 많이 남아 있고, 카페와 더불어 현역으로 공존하는 것은 킷사 문화를 이어가고 싶어 하는 사람들의 마음 때문일 겁니다.

이 책에서는 여전히 문을 활짝 열고 손님을 맞는 킷사텐도 다루었지만 시간 속에 자취를 감춘 킷사텐도 여럿 다루었습니다. 지금은 존재하지 않는 곳이라 해도 도쿄의 문학이, 연극이, 미술이, 음악이 탄생한 시공간을 알고 나면 도쿄라는 도시와 킷사텐이라는 공간이 이전과는 달리 보일 것입니다. 인파 가득한 신주쿠 거리에서는 재즈 킷사를 답파하던 10대 시절의 사카모토 류이치가 스쳐 지나가는 듯하고, 진보초 책방과 책방 사이로 난 골목길을 걸을 때는 킷사텐에 앉아 마스터 초상을 그리는 다자이 오사무의 모습이 보이는 듯한 경험을 하게 될지도 모릅니다.

차와 커피를 마시는 장소로 탄생해 지식인과 문화 예술인의 아지트로 활약하고, 도시의 변화 속에서 노포로서 제자리를 지키는 공간. 킷사텐과 함께 도쿄에서의 시간이 더욱 향기롭기를 바랍니다.

도서출판 남해의봄날 로컬북스 32
이웃한 지역이라도 자세히 들여다보면 서로 다른 자연과 문화, 아름다움을 품고 있습니다.
독특한 개성을 간직한 크고 작은 도시의 매력, 그리고 지역에 애정을 갖고 뿌리내려 살아가는
사람들의 이야기를 남해의봄날이 하나씩 찾아내어 함께 나누겠습니다.

존 레넌에서 하루키까지
예술가들의 문화 살롱

도쿄 킷사텐 여행

초판 1쇄 펴낸날 2024년 11월 30일

글 최민지
편집인 박소희 책임편집, 천혜란
마케팅 조윤나, 조용완
교정 이정현
디자인 이기준
인쇄 미래상상

펴낸이 정은영 편집인
펴낸곳 (주)남해의봄날
경상남도 통영시 봉수로 64-5
전화 055-646-0512
팩스 055-646-0513
이메일 books@nambom.com
페이스북 /namhaebomnal
인스타그램 @namhaebomnal
블로그 blog.naver.com/namhaebomnal

ISBN 979-11-93027-38-7 03810

이 도서는 2024년 문화체육관광부의 '중소출판사 성장부문 제작 지원' 사업의 지원을 받아 제작되었습니다.